Pasqal.

Carsten Rach

Pasqal.

Herstellung und Verlag:
Books on Demand GmbH, Norderstedt

1. Auflage
Copyright © 2011 Carsten Rach

Satz und Gestaltung: Chili Books
http://www.chili-books.de

Bildnachweis:
Titelfoto: RT Images
Autorenfoto: Dirk Wilms

Alle Bücher von Chili Books erscheinen im Verlag:
Books on Demand GmbH, Norderstedt

ISBN: 978-3-8423-3682-7

Printed in Germany

Für David,
meinem Bruder, der mit einer für ihn kleinen Geste,
dieses Buch möglich machte.

Inhaltsverzeichnis

Prolog

Aus den Deckenlautsprechern der Trauerhalle ertönte langsam ansteigend der vorletzte Akkord vor dem Einsatz der Drums von „In the Air tonight". Die Regentropfen, die von außen auf die bemalten Fenster prasselten, untermalten den Sound im gleichen Rhythmus zum Takt. Der gewaltige Donner des Schlagzeugs schallte aus den Boxen - ganz leicht verzerrt zwar, aber das konnte sowieso nur er heraus- hören - und dennoch waren die dunklen Töne klar und deut- lich zu hören und man bemerkte, wie die Menschen in der Trauerhalle leicht zuckten, als die Drums einsetzten. Auf einmal waren die summenden Geräusche der anwesenden Trauergäste verstummt. Nur noch die Stimme von Phil Collins war zu hören.

I can feel it
coming in the Air tonight,
oh Lord, oh Lord.

I've been waiting for this moment,
for all of my life,
oh Lord, oh Lord.

Die sonore Stimme von Phil Collins hallte im Echo durch den riesigen Raum und es schien, als würden die Worte direkt von den Wänden eingesogen und im gleichen Moment wie ein Spiegelbild reflektiert. Die Drums setzten wieder zum nächsten Paukenschlag an. Diesmal noch inten- siver als zuvor, so schien es zumindest. An den Füßen konn- te man ganz schwach den Bass der Musik spüren, so dass auch jeder Taubstumme mitbekommen hätte, was hier gera- de passierte. Eine Inszenierung, wie sie besser nicht hätte sein können. Nur für diesen Augenblick gemacht und Patrick konnte sich ein Lächeln nicht verkneifen. Mitten in einer Trauerfeier. Um ihn herum nur traurige Gesichter, verheulte Augen und nasse Taschentücher. Das aschfahle Grau des dominierenden Sichtbetons in der Halle verstärkte den Effekt des ohnehin schon melancholischen Erscheinungsbildes der Trauerhalle. Umrahmt von einem mit Klavierlack bestrichenen Holzrahmen stand ein Bild auf dem Altar. Wie er auf dem Bild lächelt, dachte Patrick. So glücklich und unbeschwert. Und auch in dieser so trostlosen Situation würde er lächeln und wahrscheinlich sagen: „Verzweifelt nicht daran!". Er würde lächeln über dieses Spektakel, seine Arme in die Luft werfen und auf das imaginäre Schlagzeug vor ihm eintrommeln zum Takt der Melodie, die noch immer durch die Trauerhalle klang. An einem Ort, wo sonst nur Trauer und Verzweiflung herrscht, würde er mit seinem Lächeln alle verzaubern und ein wenig Sonne in diese triste Halle bringen.

Die Stuhlreihen waren bis auf den letzten Platz ausgefüllt. Das Grau der Wände harmonierte sogar etwas mit, den in schwarz gekleideten Gästen, die fast bewegungslos auf ihren Stühlen saßen. Verwandte, Bekannte und wahrscheinlich sehr viele Menschen, die rein aus Mitgefühl der Mutter gegenüber zu dieser Beerdigung gekommen waren. Zu seiner Beerdigung! Einer Beerdigung, die eigentlich so gar nichts von einer Beerdigung hatte. Keine Choralchöre, keine leisen Töne irgendwelcher Streicher von Joseph Haydns „7 Worten". Nein, seine drei Worte sollten an der Wand prangen. So hatte er es sich vorgestellt und gewünscht. Die Musik sollte der Inszenierung dienen. Sie sollte wachrütteln und genau das tat sie. „In the Air tonight" passte nicht nur wie die Faust aufs Auge, sondern illustrierte mit dem langsamen Aufbau der Drumsets ein Entladen seiner Gedanken. Kurz und präzise auf den Punkt gebracht.

Alle waren seinetwegen gekommen. Sie waren sein Publikum. Ein Publikum, das jetzt quasi zwangsläufig dazu verdonnert war ihm zuzuhören. Ihm, einem 11-jährigen Jungen, mussten sie zuhören, ob sie wollten oder nicht. Einem 11-jährigen Jungen, der so viel mehr vom Leben wusste, als die meisten anderen, die hier in der Trauerhalle versammelt waren.

Patrick saß in der letzten Reihe, entspannte sich und genoss die Show, die jetzt gleich beginnen würde. Es war nicht seine Show. Er war wie jeder andere hier nur Zuschauer. Aber dennoch wusste er, was jetzt gleich folgen würde. Und säße man in einem Kino, in dem der Abspann gerade laufen würde, so würde nur ein Name auf der Leinwand auftauchen. Regie, Inszenierung und Dramaturgie: Pasqal.

Kapitel Eins

Es war schon 08.30 Uhr vorbei und er wusste, dass er direkt in den Morgenstau rein fahren würde. Wäre er 10 Minuten früher losgefahren, so hätte er den Stau umgehen können. Dabei musste er gerade heute pünktlich im Büro sein, damit er heute Abend auch ja rechtzeitig losfahren könnte, um pünktlich beim Nachtdienst zu erscheinen. Diese zehn Minuten verschoben einfach alles. Jedes Meeting, jedes angesetzte To-Do, die Vorbereitung der Präsentation für morgen - einfach alles. Aber der Tag fing sowieso schon chaotisch an. Nicht nur, dass Sam ihm auf die Schuhe gekotzt hatte und damit den Haarknäuel zum Vorschein brachte, den sie sich in den letzten Tagen durch die Säuberung ihres Fells mühselig zusammen gesammelt hatte. Nein, natürlich war auch das Katzenfutter ausgegangen und somit musste er schnell noch zur Tankstelle fahren und eine Dose Katzenfutter kaufen, damit Sam für den Tag versorgt war.

Noch immer dachte er manchmal an sie. Manchmal nur kurz aufflackernd, wie eine Lichthupe auf der Autobahn. Aber noch immer täglich. Nicht so intensiv wie früher, dazu war die Zeit einfach zu weit fortgeschritten. Aber immer noch oft genug, dass er sich täglich daran erinnern musste, dass er nach vorne schauen musste und nicht der Vergangenheit nachtrauern.

Patrick lief die neun Stockwerke nach unten statt mit dem Aufzug zu fahren. Früher hätte er selbst im zweiten Stock den Aufzug benutzt. Damals wog er noch 12 kg mehr, bis er innerhalb von sechs Monaten abnahm und seither jeden Aufzug mied. Der Boden glänzte und es roch frisch nach Citrus, weil die Reinigungsfrau frisch geputzt hatte. Man konnte noch den nassen Film auf den Fließen sehen und Patrick musste aufpassen, dass er nicht ausrutschte. Durch die graue Stahltür sprintete er in die Tiefgarage. Patrick wohnte in einem Neubau, der gerade erst letztes Jahr gebaut worden war. Der Boden glich noch immer einem Linoleumboden, bloß dass er eben nicht aus Linoleum war, sondern aus Beton.

Auf der Tastatur des Autotelefons tippte er die Kurzwahltaste zwei. Am anderen Ende der Leitung meldete sich seine Assistentin Christiane.

„Guten Morgen, Patrick!"

„Guten Morgen! Ich hoffe, Du hast gute Nachrichten für mich!", antwortete Patrick, der sich mitten durch den Münchner Stadtverkehr schlängelte.

„Das kommt darauf an, was Du wissen willst! Beckmann rollt gerade auf den Parkplatz."

„Shit, genau das meinte ich! Falls er fragt, wo ich bin, dann hast Du mich noch nicht gesprochen, okay?"

Christiane war es unmöglich sowohl bei Beckmann, Patricks Chef, als auch bei Patrick zu lügen.

„Ich versuche es!", sagte sie und wusste in der gleichen Sekunde, dass Beckmann sie nur einmal taxieren musste und sie würde direkt mit der Wahrheit raus rücken. Beckmann war Patricks Vorgesetzter. Eloquent, raffiniert und heimtückisch zugleich. Aber er baute sich in den letzten zehn Jahren ein Architekturbüro der ersten Güte auf. Die Aufträge kamen mittlerweile aus aller Welt. Patrick war einer seiner Projektleiter.

Patrick setzte seinen Wagen auf die Linke der beiden Spuren und versuchte sich am Stau vorbei zu manövrieren. Aber auch dieser Versuch brachte natürlich nichts. Er wünschte sich, er hätte jetzt in diesem Moment das gleiche Auto, welches er heute Nacht im Nachtdienst haben würde. Dann würde er das Sondersignal einschalten und sich einfach durch die Mitte drängeln. Das war der Nervenkitzel im Rettungsdienst. Vielleicht nahm er gerade deshalb die Mehrbelastung auf sich und arbeitete nebenberuflich als Rettungsassistent, obwohl er hauptberuflich als Projektleiter eines Architekturbüros zum einen genug zu tun hatte und auf der anderen Seite auch genug verdiente. Der Nervenkitzel mit Blaulicht und Martinshorn durch die voll befahrene City zu fahren, dabei auf jeden und alles zu achten und zu reagieren, durch die Massen stehender Autos den Rettungswagen, den RTW, zu rangieren und dabei den Überblick zu behalten, das lag ihm. Es war eine Art Entspannung, die so gar nichts mit seinem sonstigen Treiben als Architekt zu tun hatten. Sein Job hatte mit geschäftlichen Entscheidungen zu tun. Entscheidungen über Striche, Maße und Fakten. Aber auch Entscheidungen um Existenzen und Personal. Sein Team musste laufen wie ein Schweizer Präzisions-Uhrwerk. Alles aufeinander abgestimmt und präzise geplant. Patrick war für ein Team von mehr als zwanzig Mitarbeitern in aller Welt zuständig. Keine Entscheidung ohne dass die Konsequenzen von ihm nicht durchdacht worden waren. Anders als im Rettungsdienst. Hier war nichts vorhersehbar. Nicht der nächste Einsatz, nicht der Verkehr, um zu berechnen, wie lange man zum nächsten Patienten braucht, nicht das Zusammenwirken verschiedenster Medikamente.

Patrick schaute in den Rückspiegel um den Knoten seiner Krawatte zu überprüfen. Sein schwarzes, langes Haar war zu einem Zopf zusammengebunden. Sein Vollbart war gestutzt und sah aus, als wäre er jeden Morgen von einem Coiffeur zusammengeschustert worden. Vom Scheitel bis zur Sohle war er tadellos gekleidet. Die voll gekotzten Schuhe hatte er ausgetauscht durch braune Lederschuhe, die zu seinem akzentuierten, braun gehaltenen Gürtel perfekt passten. Nichts überließ er dem Zufall. Auch seine Armbanduhr mit dem braunen Lederarmband harmonierte perfekt zu den Schuhen und dem Gürtel. Die Hose im klassischen Dunkelblau war einwandfrei gebügelt, genau wie sein weißes Hemd, dass er mit der goldbraunen Burberry-Krawatte trug. Trotz seiner Farbenblindheit waren die Kleidungsstücke harmonisch aufeinander abgestimmt. Auch eine Sache, die er von Melinda gelernt hatte. Ganze sechs Monate waren sie zusammen. Viel zu kurz und kürzer als jede andere Beziehung, die er davor hatte. Und dennoch lernte er von dieser Frau mehr, als von allen anderen Frauen, mit denen er zusammen war. Vier Jahre war es nun her, dass er nicht mehr mit Melinda zusammen war und dennoch dachte er immer noch täglich an sie, obwohl er seitdem nichts mehr von ihr hörte.

Der Verkehr zog sich immer mehr. Im CD-Player lag „Alles unter diesem Himmel" von Laith Al-Deen. Patrick summte den Refrain mit und dachte an Melinda.

Der Tag verstreut sein letztes Licht
das war's für heut, mehr hat er nicht.
Wer jetzt noch sucht,
findet´s heute nicht mehr
Dämmerung übernimmt uns ab hier.

Denn alles unter diesem Himmel
hat seine Zeit - hat seine Stunde.
Der Tag verteilt sein letztes Licht
ob's von Bedeutung war, das weiß er
nicht.

Wer's jetzt nicht spürt, versteht es nie
Die Nacht verlangt, dass wir zur Ruhe
kommen irgendwie.

Denn alles unter diesem Himmel
hat seine Zeit - hat seine Stunde.

Patrick trommelte auf seinem Lenkrad mit, wie er das immer machte, wenn ein guter Schlagzeugeinsatz in einem Lied zu hören war. Schlagzeug spielen war eine seiner Leidenschaften. Seit er an seinem sechsten Geburtstag ein Schlagzeug von seinen Eltern geschenkt bekommen hatte, trommelte er auf alles ein, was sich auch nur ansatzweise zum Schlagzeug spielen eignete. Selbst während einer Sondersignalfahrt liebte er es auf dem Lenkrad des RTW zu trommeln. Nach mehr als siebzehn Jahren im Rettungsdienst war er auch bei hektischen Blaulichtfahrten nicht aus der Ruhe zu bringen. Auch der Rettungsdienst war eine Leidenschaft von ihm. In den siebzehn Jahren hatte er schon vieles gesehen. Hauptberuflich wollte er den Job zwar nie machen, aber damals blieb ihm nichts anderes übrig, als er vor 10 Jahren auf Jobsuche war und so verbrachte er zwei Jahre hauptberuflich als Rettungsassistent. Aber gerade diese Zeit empfand er als Plackerei, da der Job zur Routine wurde und keinen Spaß mehr machte. Er merkte selbst in den zwei Jahren, dass man das Interesse am Menschen verliert und alles nur noch mechanisch abarbeitet. Das fiel ihm auch heute noch bei hauptberuflichen Kollegen im Rettungsdienst auf. Durch seine langjährige Erfahrung hatte er gerade den jüngeren Kollegen - obgleich sie hauptberuflich oder nebenberuflich den Job machten - einiges voraus. Früher gehörte er zum „jungen Gemüse". Heute mit 32 Jahren gehörte er fast schon zum alten Eisen im Rettungsdienst. Die meisten Kollegen und Kolleginnen im Rettungsdienst waren Mitte Zwanzig und hatten den Kopf voller Flausen und ausgeprägter Profilneurosen. Überhaupt gab es im Rettungsdienst überdurchschnittlich viele Profilneurotiker, die ihr mangelndes Selbstbewusstsein durch das Tragen rot blitzender Jacken und glänzend schimmernder Namensschilder aufzuwerten versuchten, während sie abends bei einem Bier mit Freunden von Heldengeschichten erzählten, über die jeder Laie im ersten Augenblick nur staunen konnte. „Wir sind alles nur hauptberufliche Voyeure!" hatte Bernhard, sein früherer Ausbilder mal zu Patrick gesagt. Auch Patrick gehörte früher zu den Profilneurotikern, die gar nicht genug Reflexstreifen auf der Jacke tragen konnten, um ja aufzufallen. Auch er prahlte früher von „Heldentaten", die man bei schweren Verkehrsunfällen vollbracht hatte oder von der Reanimation eines Menschen, bei der man „mal wieder Menschenleben gerettet" hatte. Eine gegenseitige Beweihräucherung unter

Kollegen nach erfolgreichem Einsatz gehörte ebenfalls zur täglichen Routine eines Rettungsassistenten, um anschließend doch wieder alleine als Loser vor dem Fernseher zu sitzen und darüber nachzudenken, dass es eigentlich auch bessere Jobs gibt, als die des Krankenwagenfahrers, der hin und wieder sein Können unter Beweis stellen konnte, bzw. musste.

Patrick war ein Hundertprozentiger. Selbst in seinem Wagen konnte man dies sehen. Sowohl von außen, als auch von innen glänzte der Wagen wie neu. Im Fond seines Wagens hingen zwei weitere Hemden, um für alle Eventualitäten gewappnet zu sein. Selbst eine Ersatzkrawatte hing im Büro, die farblich so dezent war, dass sie für jeden Anlass und jedes Dress passen würde. Alles war geplant, nichts überließ er dem Zufall.

Um zehn Minuten nach Acht rollte er auf den Firmenparkplatz und stellte sich direkt auf den am Eingang befindlichen Parkplatz für den Vorstand, wo auch schon Beckmanns Mercedes parkte. Genau zehn Minuten kam er jetzt schon zu spät zu dem angesetzten Meeting. Er machte sich weniger Sorgen um seinen Ruf, als um seine Tagesplanung, denn er war sich seiner sonst minutiösen Pünktlichkeit bewusst. Er lief die Treppen hoch zum ersten Stock, wo sein Büro war. Christiane kam ihm mit einer Tasse Cappuccino entgegen.

„Hallo, Patrick! Cappuccino für das Meeting?"

„Danke, du bist ein Goldstück! Hast Du..."

„Ja, deine Präsentation ist schon auf dem USB-Stick!"

Sie überreichte ihm den USB-Stick mit der Präsentation für das Meeting, zu dem er jetzt mittlerweile fünfzehn Minuten zu spät war. Patrick zog sich sein dunkelblaues Sakko über.

„Siehst gut aus, wie immer!", sprach Christiane ihm zu. Patrick sprintete einen kurzen Augenblick später in den dritten Stock zum Konferenzraum. Das Meeting war leider noch nicht losgegangen, wie er gehofft hatte, weil Beckmann unbedingt auf Patrick warten wollte. Der Konferenzraum strahlte wie alle

Räume in der Firma. Die Wände in dunklem Kirschholz gehalten, abgesetzt mit aluminiumfarbenen Sockelleisten. Anders als in seiner letzten Arbeitsstätte, wo ein Linoleumboden mit grün bestrichen Verputzwänden das Bild dominiert hatte.

„Guten Morgen, Herr Lebóire!", begrüßte Beckmann ihn.

„Schönen Guten Morgen! Wollen wir gleich beginnen?", drängte Patrick und legte sein Notebook bereit auf den Konferenztisch.

„Nur die Ruhe, Herr Lebóire! Der Tag hat doch gerade erst begonnen!"

„Ja, aber bei mir zumindest mit einer Verspätung von fünfzehn Minuten, was meinen Tagesplan völlig aus dem Gleichgewicht bringt, der zum einen proppenvoll ist und ich zum anderen heute Nacht noch Nachtschicht habe!"

Beckmann schüttelte den Kopf und grinste.

„Das sie sich das immer noch antun. Den ganzen Tag im Büro, anschließend zum Nachtdienst und morgen früh direkt wieder hier. Ich möchte auch gerne noch mal so jung sein wie Sie, Herr Lebóire."

„Ohne Schlaf geht es bei mir auch nicht! Und irgendwann wird es in der Nacht schon ruhig sein, so dass ich mich auch mal hinlegen kann."

Patrick schaute in die Runde um sich zu vergewissern, dass alle Freelancer, Graphiker und Jungarchitekten anwesend waren und eröffnete das Meeting.

„Schönen Guten Morgen an alle. Ich bitte mein Zuspätkommen zu entschuldigen, aber der Verkehr war schrecklich."

Trotz der morgendlichen Hektik, des Staus und der Verspätung war Patrick nicht anzumerken, wie hektisch der Tag begonnen hatte. Er wirkte sehr ausgeglichen und frei von jeglichen Schwierigkeiten. Dabei sah dies vor ein paar Jahren noch ganz anders aus, als sein Leben ein einziger Scherbenhaufen war und er in der JVA ein saß. Aber er hatte sich wieder aufgerappelt und von vorne begonnen und nichts würde darauf schließen lassen, dass er sich damals in der JVA das Leben nehmen wollte. Damals, als er hoffnungslos aus dem vergitterten Fenster auf den verregneten Hof schaute. Damals an einem verregneten Juli-Tag. Damals, als alles verloren schien und er keinerlei Aussicht auf Besserung sah.

Patrick steckte den USB-Stick in das Notebook ein und begann mit seiner Präsentation. Er war bestens vorbereitet und führte die Anwesenden durch seine Präsentation, die ihrerseits gespannt die effektvoll aufgesetzte Präsentation verfolgten. Er tat dies mit einer Souveränität, die dazu führte, dass jeder der Anwesenden gebannt zuschaute und keinerlei Fragen mehr offen blieben. Geschickt platzierte er ein Argument nach dem anderen und versprühte seinen Charme. Von seiner Vergangenheit im Gefängnis wusste keiner was. Selbst wenn es jemandem erzählt worden wäre, so hätte man es wahrscheinlich nicht geglaubt. Nicht zu vergleichen, dass es sich dabei um ein- und dieselbe Person handelte, die jetzt diese Präsentation vortrug und auf der anderen Seite der Mensch, den man fast schon gebrochen hatte. Keiner hätte das geglaubt. Nicht bei Patrick Lebóirc.

Kapitel Zwei

Es war gerade 08.45 Uhr vorbei, als die Schwester mit der morgendlichen Ration Medikamente die Tür rein platzte.

„Guten Morgen!", trällerte sie ins Zimmer rein.

„Hallo, Schwester Dany! Können sie nicht einmal anklopfen, bevor sie die Tür reinkommen?! Es könnte durchaus sein, dass ich gerade beschäftigt bin!", antwortete ihr der elfjährige Pasqal, der vor ihr auf dem Bett saß und gerade dabei war die neueste Ausgabe des „Spiegel" zu lesen. Schwester Dany stellte das Tablett mit dem Medikamenten-Cocktail auf den Beistellwagen neben dem Bett.

„Na, was ist in der Welt so passiert?", fragte sie mit einem Hauch Ironie.

„Das Übliche: Mord, Totschlag, Krieg!", antwortete er mit einem Grinsen auf dem Gesicht. Er schaute auf den Becher mit den Tabletten. „Können wir das heute nicht ausfallen lassen? Ich erzähle ihnen auch was über die Bedeutung ihres Traumes, den sie heute Nacht geträumt haben!"

„Wer sagt dir, dass ich überhaupt geträumt habe?"

„Haben sie etwa nicht?"

„Doch."

„Sehen sie, habe ich es doch gewusst.", antwortete er keck.

„Erstens gehen dich meine Träume nichts an und zweitens habe ich dir schon mal gesagt, dass ich nicht deine Versuchsperson bin, Dr. Freud! Drittens: Nein, keine Ausnahme!"

Pasqal sah sie kritisch an und zog eine Augenbraue dabei hoch, bevor er konterte.

„Erstens, Schwester Dany, könnte ich ihnen mit einer Traumdeutung zu einer erheblichen Bewusstseinserweiterung verhelfen. Zweitens heißt es bei Psychologen nicht „Versuchsperson", sondern „Proband" und drittens weiß ich sowieso nicht, warum ich diese albernen Medikamente nehmen soll, da ich sowieso bald das Zeitliche segne!"

Schwester Dany schaute über ihre randlose Brille und verschränkte die Arme vor dem Körper.

„Soweit sind wir noch lange nicht."

Sie wusste, dass es bald soweit war. Heute würde Pasqal nach Hause gefahren werden, um dort im Kreise seiner Familie in den nächsten Wochen zu sterben. Seit neun Monaten lag Pasqal nun auf ihrer Station und sie hatte sich an den kleinen Quälgeist, der sowieso alles besser wusste, gewöhnt, sogar lieb gewonnen. Pasqal war ein außergewöhnlicher Junge. Mit seinen elf Jahren interessierte er sich für Themen, über die sich andere nicht mal im Erwachsenenalter Gedanken machten. Pasqal war hochbegabt. Auf seinem Nachttisch lagen nicht die üblichen Bücher eines elfjährigen Jungen. Keine Donald Duck Hefte, keine Asterix-Hefte. Stattdessen lagen Ausgaben vom *Stern*, *Spiegel* und eine Ausgabe der *Wissenschaft heute*. Ein wenig frech, ein wenig vorlaut, aber aufgeweckt und mit einer gehörigen Portion Grips war Pasqal versehen. Blonde, kurze Haare, die ihm nach der Chemotherapie wieder nachgewachsen waren. Trotzdem fielen ihm immer wieder einige Haare aufgrund der Nachwirkungen der Chemo aus.

Als er vor neun Monaten auf die Station kam, verliebten sich direkt alle Schwestern in ihn. Mit seinem Charme und seinem geistreichen Wortschatz konnte er jede Schwester um den Finger wickeln. Er wusste sein Lächeln stets dann geschickt einzusetzen, wenn er irgendwas wollte. Mit seinem scharfsinnigen Verstand hatte er außerdem das Talent Situationen und menschliche Gefühle blitzschnell einzuschätzen. Mit geschickten Fragestellungen und Aussagen analysierte er regelrecht sein Gegenüber und konnte deshalb innerhalb kürzester Zeit den Menschen einschätzen. Die Psyche und die Hintergründe der Menschen faszinierten Pasqal. In den letzten Jahren während seiner unzähligen Aufenthalte in Krankenhäusern las er alles, was er zum Thema Philosophie und Psychologie in die Finger bekam. Pasqal war ein Taktiker, was sich auch in den unzähligen Schachspielen gegen Ärzte und Pflegepersonal zeigte. Niemals hatte er ein Spiel verloren. Und eine große Herausforderung stellte es ebenfalls nicht für ihn dar. Aber es machte ihm nach wie vor großen Spaß, wenn er über mehrere Tage verteilt mit einigen Ärzten spielen konnte und diese zwischen ihren Visiten und Operationen kurz bei ihm vorbei schauten, um ein paar Züge zu machen. Während andere Kinder in seinem Alter lieber Zeichentrickserien schauten, sah er sich lieber Dokumentationen auf N-TV oder N24 an oder blieb bei seinem Lieblingssender BBC. Pasqal hatte innerhalb kürzester Zeit englisch gelernt. Während einer Dokumentation kam an ihrem ersten Tag die neue Lernschwester Kati in das Zimmer und er blaffte sie an, was sie denn zu dem Thema zu sagen hätte. Lernschwester Kati rannte direkt wieder aus dem Zimmer zu Schwester Dany.

„Da sitzt ein kleiner Junge auf dem Bett und will irgendwas von mir wissen!"

„Ja, ja, das ist Pasqal. Am besten du störst ihn nicht, wenn er wieder mal seine Dokumentationen schaut. Ansonsten musst du Stellung beziehen und wage dich, wenn nicht!", antwortete Schwester Dany mit einem Lachen. Etwas verschüchtert lief Kati wieder in das Zimmer von Pasqal, der noch immer eifrig am schauen war.

„Heftig was da gerade bei den Banken passiert!"

„Banken?", fragte Kati ein wenig zögerlich.

„Das ist das Thema der Sendung heute!"

„Ääh, ja, ääh, ich weiß nicht so recht..."

„Jaja, schon gut. Wirtschaft ist nicht so ihr Ding, oder?", fragte Pasqal arrogant und direkt.

„Nicht unbedingt.", antwortete sie. Natürlich hatte sie nichts zum Thema beizutragen. Aber dennoch war sie beeindruckt von diesem kleinen Jungen, der offensichtlich mehr von Wirtschaft verstand als sie.

Pasqal war acht Jahre alt, als er die Diagnose Krebs bekam. Damals hoffte man noch den Tumor entfernen zu können, aber er wuchs immer weiter und weiter. Als er die Diagnose gestellt bekam, veränderte Pasqal sein Leben von Grund auf. Zwar war er immer ein Kind geblieben, aber seine Interessen verlagerten sich von einem auf den anderen Tag. Fortan kümmerte er sich nicht mehr um kindliche Belange. Er interessierte sich für Themen jenseits seines kindlichen Daseins. Lange überlegte er, was er wohl gemacht hätte, wenn er die Chance bekommen hätte erwachsen zu werden. Pasqal registrierte relativ früh, dass die Aussichten auf Erfolg bezüglich seiner Krankheit eher gering waren. Zwar hatte er die Hoffnung nie aufgegeben, aber er machte sich früh mit dem Gedanken vertraut, dass er bald sterben könnte. Durch den Ansporn, nicht mehr genügend Zeit zu haben, Dinge zu machen, für die er sich interessierte, wuchs sein Durst nach Informationen jeglicher Art. Er las alles, was ihn auch nur ansatzweise interessieren und probierte alles aus, was von Bedeutung sein könnte.

Als er neun Jahre alt war sah er ein Video eines Konzertes von Phil Collins. Er war von der Präzision des Schlagzeugspielens fasziniert. Seine Kinderpsychologin, die in regelmäßigen Abständen Rücksprache mit seinen Eltern hielt, war der Auffassung, dass es für Pasqal lebensbereichernd sein könnte, wenn er ein Instrument lernen würde. Pasqal selbst hatte in den Gesprächen mit dem Kinderpsychologen darauf eingewirkt und wusste, wie er die Psychologin manipulieren konnte, seine Eltern vom Kauf eines Schlagzeugs zu überzeugen.

Überhaupt empfand Pasqal die Sitzungen mit der Kinderpsychologin als relativ langweilig, da Pasqal recht schnell mitbekam, was die Psychologin von ihm wollte. Nach der ersten Sitzung hatte Pasqal sein „kleines Persönlichkeitsprofil" von ihr erstellt und stellte sich fortan in jeder Sitzung darauf ein. Sein Schlagzeug bekam Pasqal nach der dritten Sitzung. Vom ersten Tag an trommelte Pasqal fast täglich auf dem Schlagzeug. Er nahm keinen Unterricht, sondern schaute sich sämtliche Musik-DVDs an, die sein Vater im Schrank hatte und lernte sämtliche Stücke auswendig spielen, bis er sie konnte. Er war ein außergewöhnlicher Autodidakt, mit einer außergewöhnlichen Auffassungsgabe.

„Heute geht es auf die große Reise!", sagte Schwester Dany.

„Ja und ich habe so gar keine Lust acht Stunden lang in diesem Krankenwagen zu liegen. Das ist so was von langweilig!"

„Du kannst dich doch mit dem Sanitäter unterhalten!"

„Ja, aber so ein Smalltalk ist nicht unendlich!", antwortete Pasqal altklug. Schwester Dany reichte ihm einer seiner Pillen und gab ihm den Becher mit Wasser. Pasqal schaute auf den Becher.

„Scotch mit Soda, nehme ich an?!", fragte er. Pasqal hatte erst gestern einen James Bond Streifen gesehen.

„Natürlich!", antwortete Schwester Dany und grinste. „Geschüttelt aber nicht gerührt!"

„Sehr schön! Ich bin begeistert!"

„Der Krankentransport wird gegen 6 da sein, Pasqal!"

„Was? Heute Abend? So spät? Das heißt ja, wir fahren die ganze Nacht durch!", pustete es aus ihm heraus.

„Das Leben ist kein Wunschkonzert!", sagte Schwester Dany mit einer Bemerkung, die Pasqal selbst immer gern benutzte.

„Recht haben sie! Naja, dann kann ich wenigstens schlafen bis nach Berlin!"

Kurze Zeit später kam Pasqals Mutter die Tür rein. Wie jeden Tag wollte sie auch diesen Tag wieder ein paar Stunden mit ihrem kleinen Sohn verbringen. Anschließend wollte sie zum Flughafen fahren, um später pünktlich in Berlin zu sein, wenn auch er ankommen würde. Als sie damals von Pasqals Diagnose gehört hatte, war sie in eine tiefe Depression gefallen.

Pasqals Vater hingegen baute eine Art Schutzwall auf und alles schien an ihm abzuprallen, was auch nur ansatzweise mit Gefühlen zu tun hatte. Dass er sich damals nach der Diagnose betrank, wusste bis auf Pasqal keiner. Pasqal hatte ihn öfter aus seinem Zimmer durch den Türspalt beobachten können, wenn er wieder mal betrunken nach Hause kam und sich zum Schlafen auf die Couch im Wohnzimmer legte. Pasqal hatte versucht ihn darauf anzusprechen, hatte aber keinen Zugang mehr zu ihm. Zwei Monate nach Pasqals zehntem Geburtstag starb sein Vater, der im Polizeidienst erschossen wurde. An die Zeit vor Pasqals Krankheit konnte sich Pasqal kaum erinnern. Er wusste, dass er und sein Vater ein unschlagbares Team gewesen waren, aber die Gedanken daran waren verschwommen.

Pasqals Mutter Hannah hatte nach dem Tod von Paul viel Zeit und Energie in die weitere Betreuung und Erziehung Pasqals investiert.

„Was gab es heute zum Frühstück, Pasqal?", fragte Hannah und gab ihm einen Kuss auf die Stirn.

„Brötchen mit Aprikosenmarmelade. Aber die war schrecklich."

„Ab morgen hast Du wieder deine Cornflakes. Was soll ich denn morgen zum Mittagessen machen? Hast du einen bestimmten Wunsch?"

„Königsberger Klopse!", rief Pasqal mit großen Augen aus.

Nach dem Tod von Pasqals Vater Paul hatte sich die Beziehung zwischen Pasqal und Hannah geändert. Kurze Zeit, nachdem ihr vom Dienststellenleiter der Polizei der Tod von Paul mitgeteilt wurde, erlitt sie einen Nervenzusammenbruch. Pasqal war zu dieser Zeit in der Klinik und erfuhr erst Wochen später davon. Er selbst verarbeitete den Tod seines Vaters nach Ansicht der Kinderpsychologin gar nicht, da man vermutete das er das Geschehene verdrängt. In Wahrheit hatte Pasqal auf seinem Computer einen langen Brief an seinen verstorbenen

Vater geschrieben und hatte auf diese Art eine Möglichkeit der Trauer gefunden, um mit dem Geschehenen umzugehen. Von dem Brief erzählte Pasqal niemandem, weil er der Meinung war, dass dies einzig und alleine eine Sache zwischen ihm und seinem Vater war. Auf der Beerdigung von Paul hatte Pasqal kein einziges Mal geweint. Vielmehr war er damit beschäftigt seine Mutter zu beruhigen, die noch am offenen Grab einen weiteren Nervenzusammenbruch erlitt. Er hatte früh gemerkt, dass er quasi eine Art Vaterrolle übernehmen musste. Während der Vorbereitungen mit dem Bestatter war es Pasqal, der die Organisation des Arrangements traf, da seine Mutter bei einfachsten Entscheidungen kapitulieren musste und jedes Mal einen Migräneanfall bekam und daher keinerlei brauchbare Entscheidung treffen konnte. Trotz seiner vermeintlichen Erwachsenenrolle, die er übernommen hatte, war er immer noch Kind geblieben und gab seiner Mutter nie das Gefühl sie dominieren zu wollen. Vielmehr unterstützte er sie subtil und gab ihr das Gefühl, dass sie alle Entscheidungen traf und nicht er.

„Mama, kannst Du mir einen Gefallen tun?", fragte Pasqal. „Ich habe nämlich gelesen, dass es einen neuen Band von Harry Potter gibt. Kannst Du mir den heute kaufen?"

„Schon längst erledigt!", sagte sie mit einem Lachen im Gesicht. Sie griff in die mitgebrachte Tüte und holte den neuesten Harry Potter-Band heraus.

„Super! Du bist die beste Mama der Welt!", freute sich Pasqal und konnte es kaum erwarten das neue Buch durchzustöbern. Pasqal hatte bis jetzt alle erschienen Bände gelesen. Auf der einen Seite konnte er seitenweise schwierigste Literatur lesen, fand aber auf der anderen Seite Entspannung im Schmökern von eben diesen Harry Potter Büchern. Im Alter von sieben Jahren wurde bei Pasqal ein IQ-Test durchgeführt. Er erreichte einen Wert von 140 und galt damit als hochbegabt. Ihm selbst wurde das Ergebnis nie mitgeteilt, aber da sich Pasqal für Psychologie interessierte, war er durchaus mit den

HAWK-Tests vertraut und vollführte den Test einfach an sich selbst und kam auf ein ähnliches Ergebnis. Er selbst machte sich aber nichts aus dem Ergebnis, da er sowohl die Methodik, als auch die Vorgehensweise des Tests in Frage stellte. Kurz bevor der Krebs bei ihm diagnostiziert worden war, war Pasqal gerade in die dritte Klasse gekommen, wurde aber aufgrund der vielen Operationen und Chemotherapie vom Unterricht befreit und bekam Privatunterricht. Und dennoch war er gleichaltrigen Kindern weit voraus.

„Pasqal, ich packe deine Klamotten schon mal ein und nehme sie heute schon mit. Dann müssen die Sanitäter nicht das ganze Gepäck mitnehmen. Schaust Du bitte, was Du für die Fahrt anziehen willst?", fragte Hannah, während sie die Reisetasche packte.

„Ich ziehe den Jogginganzug an. Das reicht für die Fahrt. Außerdem fahren wir sowieso die Nacht durch und ich hoffe, dass ich schlafen kann."

Schwester Dany kam die Tür herein, um die Entlassungspapiere von Hannah unterschreiben zu lassen.

„Der Arztbrief für den Hausarzt ist noch nicht fertig. Ich gebe ihn dann der Krankenwagenbesatzung mit!", sagte Schwester Dany. Hannah unterschrieb die Entlassungspapiere und jetzt wurde ihr wieder bewusst, dass sie ihren Sohn bald ebenfalls verlieren würde, nachdem sie vor eineinhalb Jahren ihren Mann verloren hatte. Alles war ihr zu viel geworden, als Paul gestorben war. Die Raten für das Haus, die Krankheit von Pasqal und die Gewissheit, dass sie alles alleine schultern musste. Die letzten zwei Jahre vor seinem Tod waren zwar auch nicht die Besten, aber zumindest war er da. Zweimal hatte man sie aufgrund eines Nervenzusammenbruchs in die psychiatrische Ambulanz eingewiesen. Dabei waren es nicht ihre ersten Zusammenbrüche. Bevor sie Paul kennen gelernt hatte, erlitt sie mehrere Psychosen und war auch schon mal ein halbes Jahr in der geschlossenen Psychiatrie. Er hatte ihr immer den nötigen Halt gegeben. Es schien, als sei sie geheilt gewesen, als er in ihr Leben trat. Aber gerade die letzten Monate hatten gezeigt, dass sie noch immer labil war. Dabei hatte ihr Pasqal so viel abgenommen und sich um alles gekümmert. Sie war richtig stolz auf ihren Sohn, der so viel tapferer mit seiner Krankheit umzugehen schien, als sie selbst. Seit dem letzten Aufenthalt in der Ambulanz nahm sie täglich Beruhigungsmittel. Sie war mittlerweile abhängig vom Valium. Ein befreundeter Arzt, bei dem sie sich hin und wieder ein wenig Geld mit Putzen dazuverdiente, hatte die entsprechenden Rezeptblöcke dafür. Schon mehrmals fälschte sie die Unterschrift des Arztes um an die entsprechenden Medikamente zu kommen. Einmal hatte Pasqal sie erwischt, als sie gerade die Unterschrift unter eines der Rezepte setzte. Sie erfand eine Ausrede und Pasqal beließ es dabei, obgleich er es wusste.

Sie war so stolz auf ihren Sohn. Er war das genaue Gegenteil von ihr. Nicht so labil. Er hatte einen starken Charakter und einen extrem ausgeprägten Gerechtigkeitssinn. Früher, als er noch in die Schule ging, war er es immer, der inmitten eines Pulks stand und die komplette Aufmerksamkeit auf sich zog. Er war beliebt und wurde in der zweiten Klasse direkt zum Klassensprecher gewählt. Schon früh äußerte er den Wunsch später mal was ganz Besonderes machen zu wollen, um etwas ganz Besonderes zu sein. Dabei war er das doch heute schon, dachte Hannah.

Pasqal war schon immer sehr selbstständig gewesen. Im Alter von sechs Jahren schaute er im Fernsehen regelmäßig das „Kochduell!" in dem es darum ging, aus einer wahllosen Auswahl von Lebensmitteln etwas Leckeres zu kochen. Als sie irgendwann mittags nach Hause kam, war Pasqal gerade dabei aus den Restbeständen des Kühlschranks etwas zu kochen. Pasqal probierte schon immer alles aus und beherrschte auch alles auf Anhieb. Alles schien ihm so leicht zu fallen. Keine Schwierigkeit, der er sich nicht gestellt hätte. Selbst als er gesagt bekam, dass er unheilbar krank sei, nahm er irgendwann seine Mutter an der Hüfte in den Arm und sagte: „Verzweifel nicht daran!". Pasqal nahm die Welt, wie sie kam. Er fragte nicht, warum irgendetwas so war, wie es war, sondern überlegte vielmehr, welche Konsequenzen sich daraus ergaben. Dennoch konnte Hannah nie in die Seele ihres kleinen Jungen schauen. Sie konnte nicht mal erahnen, was ihn tief in seinem Herzen bewegte. Pasqal weinte auch niemals. Wenn er sich als Kleinkind irgendwo gestoßen hatte oder hinfiel, dann fing er nicht wie andere Kinder an zu weinen, sondern stand auf und hob kritisch den Finger.

Dr. Galari kam in dem Moment zur Tür herein, als Pasqal gerade seinen iPod aus der Schublade holte, um ihn seiner Mutter zum Einpacken zu geben.

„Guten Morgen, Herr Kollege!", begrüßte Dr. Galari ihn.

„Ebenfalls Guten Morgen, Herr Kollege Galari!", antwortete Pasqal der sich sichtlich über den Besuch von Dr. Galari freute. Hannah musste direkt anfangen zu lächeln, als sie dieses tägliche Doktor-Kollegen-Ritual hörte, dass beide zu gerne machten.

„Ich bin sehr in Eile, da ich eine Operation am offenen Herzen durchführen muss. Es handelt sich um eine supraventrikuläre Tachykardie!".

Jedes Mal, wenn Dr. Galari rein kam, nannte er ein neues Wort einer Krankheit. Pasqal schlug es dann immer gleich im medizinischen Lexikon der Leihbibliothek nach und so lernte Pasqal nach und nach die lateinischen Begriffe und deren Bedeutung. Auch dieses Mal hatte Pasqal das klinikeigene Lexikon neben sich liegen und blätterte direkt nach. Das Wort „Tachykardie" kannte er schon, aber „supraventrikulär" war wieder ein neues Wort. Nach kurzer Zeit hatte er das Wort gefunden und in den richtigen Kontext setzen können.

„Sie meinen eine von der Herzkammer ausgehende gesteigerte Herzaktivität?", grinste Pasqal über beide Ohren.

„Genau!", antwortete Dr. Galari. „Und was sitzt in der Hauptkammer? HIS-Bündel oder AV-Knoten?"

„Ach bitte, Herr Dr. Galari!", kommentierte Pasqal mit einem Lächeln die Leichtigkeit der Frage. „Langweilen Sie mich doch bitte nicht mit solchen Banalitäten. Das HIS-Bündel natürlich!"

Die Antwort war leicht für Pasqal gewesen. Er wusste außerordentlich viel über die Anatomie des Menschen. Pasqal hatte ein fotografisches Gedächtnis. Hatte er einmal eine Stelle in einem Buch gelesen, so vergaß er sie niemals.

„Sehr gut, Pasqal! Ich habe dir was mitgebracht!". Dr. Galari überreichte ihm eine CD-Rom mit der neuesten Ausgabe des Pschyrembel, dem medizinischen Lexikon überhaupt.

„Cool!", freute sich Pasqal und nahm die CD-Rom entgegen.

„Du wirst uns ganz schön fehlen!", sagte Dr. Galari und streckte ihm die Hand zur Verabschiedung entgegen. Ein Ausdruck der Trauer huschte über sein Gesicht und Pasqal vernahm es.

„Wir sehen uns bestimmt irgendwann wieder! Wenn nicht hier, dann irgendwo anders. Sie wissen doch, früher oder später sieht man sich immer zweimal!", antwortete Pasqal und drückte die Hand des Arztes so fest er konnte. Und für einen kurzen Moment schien es, als würde Pasqal gleich anfangen zu weinen. Aber er tat es nicht und lächelte wieder als wäre draußen der schönste Sonnenschein, eingehüllt von umherfliegenden Schmetterlingen.

Dr. Galari mochte Pasqal und war zuweilen von ihm fasziniert. Pasqal war seit jeher an Medizin und Diagnostik interessiert. Bedingt durch seine Krankheit hatte er sich ein enormes Fachwissen angeeignet und zeigte darüber hinaus ein extremes Interesse an allem, was mit Medizin zu tun hatte. Sobald Dr. Galari irgendetwas Medizinisches erklärte, bohrte Pasqal solange nach, bis Dr. Galari es so erklärte, dass Pasqal auch die kausalen Zusammenhänge verstand. Dabei entstand auch ihr kleines Frage- und Antwortspiel. Pasqal hatte in den neun Monaten seines Aufenthalts in der Klinik mehr an medizinischen Fachbegriffen aufgegriffen, als so mancher Student von Dr. Galari. Schon oft musste Dr. Galari zusehen, dass einer seiner kleinen Patienten nicht mehr zu helfen ist und die Medizin versagte. Aber gerade bei Pasqal fragte er manchmal in stiller Stunde nach dem Sinn so mancher aussichtsloser Krankheit. Er verstand nicht, warum zugelassen wurde, dass ein so intelligenter Junge wie Pasqal aus dem Leben scheiden musste.

In seinem Medizinstudium war er noch voller Euphorie gewesen, alles und jeden mit der notwendigen Medizin heilen zu können. Aber recht schnell musste er auf der Krebsstation lernen, dass die Medizin nicht für alle Krankheiten der Welt ein Patentrezept vorgesehen hatte. Und gerade Pasqal war einer der denkwürdigen Patienten, über die man auch nach Feierabend nachdachte. Die Art und Lockerheit, wie Pasqal mit seiner Krankheit umging, beeindruckten Dr. Galari. Pasqal hatte von Anfang an die Wahrheit erfahren wollen. „Ohne Umschweife oder Fachchinesisch!" hatte Pasqal immer gesagt. Er war in jeder Hinsicht ein außerordentlicher Junge. Ein außerordentlicher Junge mit einer außerordentlichen Begabung, der außerordentlich früh sterben sollte.

Kapitel Drei

Man wusste nicht viel von Patrick. Zumindest auf privater Ebene war Patrick eine Art Mysterium. Er trennte strikt zwischen privatem und beruflichem Leben. Wenn er zu irgendwelchen Betriebsfeiern eingeladen war, so blieb Patrick meist nicht viel länger, als unbedingt nötig. Dabei war er bei solchen Feiern durchaus gerne gesehen, da er es verstand die Menschen um sich herum zu unterhalten. Knapp die Hälfte der Belegschaft bestand aus weiblichen Architekten, bei denen Patrick schon immer Eindruck hinterlassen hatte. Zahlreiche Affären waren ihm nachgesagt worden, aber tatsächlich hatte sich in den zwei Jahren seiner Betriebszugehörigkeit nie etwas zwischen ihm oder einer seiner Kolleginnen entwickelt. Auch Christiane war durchaus nicht abgeneigt mit Patrick etwas mehr anzufangen, als die reine Chef – Assistentin – Beziehung. Aber mehr als ein Abendessen hin und wieder ergab sich hier auch nie. Seines Charmes gegenüber Frauen war sich Patrick durchaus bewusst. Aber an einer ernsthaften Beziehung war Patrick nicht interessiert. Noch immer hing er Melinda, seiner großen Liebe nach.

„Christiane, sagst du bitte den anderen beiden Bescheid, dass wir uns in zehn Minuten im Besprechungsraum eins treffen?!", sagte Patrick, als er gerade von der Konferenz wieder runter kam und an Christianes Schreibtisch vorbei lief.

„Ja, sollen wir irgendwas mitbringen?"

„Nein, wird ein Quick Meeting."

Ein Meeting konnte bei Patrick gar nicht schnell genug gehen. Kein Mann der langen Worte, sondern kurz, knapp und präzise auf den Punkt gebracht. Ihn machte es regelrecht wahnsinnig, wenn Meetings dazu verwendet wurden, um sich über Alltagsthemen zu unterhalten und den neuesten Tratsch auszutauschen. Patrick hakte seine Punkte einen nach dem anderen ab und war zum Ende des Meetings auch meist einer der Ersten, der aufstand und sich weiterer Arbeit widmete. Kurzum, er war ein Workaholic. Aber er hatte auch ein offenes Ohr für Kollegen und Mitarbeiter, wenn sie der Schuh drückte.

Patrick war kaum zwei Wochen im Unternehmen, als Christiane einen Pflegefall in ihrer Familie übernehmen sollte. Ihre Schwiegermutter war gestorben und ihr Schwiegervater war nicht in der Lage sich selbst zu versorgen. Da sie mit ihrem Mann ein großes Haus hatte und somit genügend Platz, nahm sie ihn kurzfristig auf, was aber auch gleichzeitig zur Folge hatte, dass sie ihn durchgehend betreuen musste. Sie selbst kannte sich mit einem Pflegefall nicht aus und war kurz davor ihren Job im Architekturbüro zu kündigen.

In der festen Absicht eigentlich zu kündigen, lief sie kurzerhand zu Patrick ins Büro rein und erklärte ihm den Sachverhalt. Er hörte aufmerksam zu und erörterte mit ihr das Für und Wider ihrer Entscheidung. Zwei Stunden redeten sie miteinander und Patrick gab ihr hilfreiche Tipps, wie sie mit Pflegekräften ihre Situation erleichtern könne. Am Ende des Abends war der Schwiegervater in die sichere Obhut von erfahrenen Pflegekräften gegeben worden, was Patrick kurzerhand mit ein paar Anrufen regelte. Diese für sie so wichtige Gefälligkeit dankte sie ihm heute noch, da es genau das war, was sie nicht von ihm erwartet hatte.

Patrick kam in sein Büro und setzte sich an seinen Schreibtisch, um seine E-Mail zu checken. Aus dem Lautsprecher seines Computers klang ein Lied. Wiederum von Laith Al-Deen. Es war „Wo Du bist".

Wir konnten schon mehr miteinander reden,
Du sagst nach so einer langen Zeit ist es eben so,
und was ich glauben würde, was ich dafür tue.

Über tausend Dächer sind wir schon geflogen,
dachte Du wärst bei mir, aber Du warst es nicht.

Still und heimlich bist Du ausgezogen,
still und heimlich ohne mich.

Nirgendwo eine Spur von Dir.
Und deshalb frag´ ich mich,
wo Du bist,
denn hier ist ohne Dich
kein Land in Sicht.
Und es tut ziemlich weh,
weil ich es nicht versteh´.

Er arbeitete die wichtigsten E-Mails nacheinander ab, als das Telefon klingelte. Patrick meldete sich.

„Foster Architects, mein Name ist Patrick Lebóire!", antworte er, als er den Hörer abnahm. Noch immer war zu hören, dass Patrick eine Zeitlang in einem Call-Center gearbeitet hatte.

„Guten Morgen, Patrick, die BRK-Wache, Ziller. Du fährst heute Nacht RTW, richtig?".

Am anderen Ende war der diensthabende Zentralist der BRK-Wache, bei der Patrick nebenberuflich Rettungsdienst fuhr.

„So ist es! Falls ich früher kommen soll, vergiss es!", zischte es aus Patrick unbedacht heraus.

Wenn die Rettungswache anrief, dann gab es meist nur zwei Gründe. Entweder war mal wieder jemand kurzfristig krank geworden und er sollte einspringen oder man sollte früher kommen, weil irgendein Kollege mal wieder früher nach Hause wollte. So war es meistens gewesen. Die Organisation innerhalb der Rettungswache war für Patrick schon immer unverständlich gewesen.

„Nein, nein, ich wollte dir nur Bescheid geben, dass Du statt mit Olaf heute Nacht mit Jennifer fährst. Olaf ist krank geworden. Nur damit du Bescheid weißt."

Nachdem der Zentralist das ausgesprochen hatte entstand für einen kurzen Moment eine Stille in der Leitung. Das waren zwei Nachrichten für Patrick. Eine gute und eine weniger gute Nachricht. Gut deswegen, weil Olaf sowieso nicht einer seiner Lieblingskollegen war und es ihm daher nur Recht sein konnte, wenn Olaf krank war. Die weniger gute Nachricht bezog sich auf Jennifer. Jennifer war Patricks Ex-Freundin vor Melinda gewesen. Über drei Jahre waren sie zusammen, bis vor ein paar Jahren die Beziehung in die Brüche ging. Patrick hatte damals Jennifer mit einer anderen Frau betrogen, was ihm heute noch nachging. In den letzten Jahren hatten sie sich kaum gesehen, nachdem Patrick von Mainz nach München gezogen war. Da Jennifer im letzten Jahr ihr Pädagogik-Studium abgeschlossen hatte und sie in München eine Anstellung als Lehrkraft in einer Schule erhielt, zog sie dorthin, nicht wissend, dass Patrick mittlerweile ebenfalls in München wohnte. Auf einer Mitarbeiterversammlung der Rettungswache hatten sie sich dann das erste Mal wieder gesehen und vereinbart, dass man sich soweit wie möglich aus dem Weg gehen sollte. Ganze sechs Monate hatten sie jeweils ihren Dienstplan mit der Rettungsdienstleitung abgestimmt, sodass sie niemals in einer gleichen Schicht fuhren. Man sah sich lediglich mal bei Schichtwechseln, was aber problemlos lief, da beide die Vergangenheit ruhen lassen wollten.

„Weiß Jennifer, dass ich ebenfalls Nachtdienst habe?", fragte Patrick.

„Nein, sie hat aber auch nicht gefragt. Und sie war die einzige die noch zur Verfügung stand. Ich weiß, dass ihr beiden eigentlich gesperrt seid."

Gesperrt sein. Es gab ein paar Besatzungskonstellationen, die als „gesperrt" galten, weil sich die jeweilige Besatzung entweder nicht verstand oder andere Gründe vorlagen, die es unmöglich machten, miteinander zu arbeiten. So hatte jeder

Mitarbeiter im Rettungsdienst die Möglichkeit, sich für gewisse Besatzungskonstellationen sperren zu lassen, was zuweilen auch lächerliche Situationen hervorrief, da es durchaus Personen gab, die die halbe Besatzungsliste der Rettungswache sperren ließ, nur um mit den liebsten Wunschkandidaten fahren zu können. Patrick hatte lediglich Jennifer sperren lassen, mit den anderen Besatzungsmitgliedern kam er mehr oder weniger gut aus.

„Ja, ok. Ich klär das mit Jennifer. Gibst Du mir bitte ihre Mobil-Nummer?!". Der Zentralist gab ihm die Nummer. Es war immer noch die gleiche Nummer wie vor ein paar Jahren. Patrick zögerte noch, bevor er Jennifers Nummer wählte. Er schaute auf den gelben Notizblock, der auf seiner schwarzen Schreibtischunterlage lag. Die Nummer strahlte vom Block ab, als würde sie dreidimensional erscheinen. Er wählte die Nummer und Jennifer meldete sich direkt nach dem zweiten Klingeln.

„Nicht erschrecken, ich bin es, Patrick.", sagte Patrick so vorsichtig wie er nur konnte in den Telefonhörer. Jennifer zögerte einen Augenblick und es folgte eine Stille am Telefon ehe Patrick fort fuhr. „Du hast heute Nachtdienst, richtig?"

„Ja, sag bloß nicht du auch?!", fragte sie mit Skepsis. Somit hatte ihr der Zentralist also doch nicht Bescheid gesagt, dass Patrick mitfahren würde.

„Oh, doch. Und sogar auf dem gleichen Auto. Kriegen wir das hin oder meldet sich einer von uns beiden krank?"

Jennifer überlegte kurz am anderen Ende der Leitung.

„Ich habe den Dienst immerhin angenommen, also muss ich es auch ausbaden. Von meiner Seite bekommen wir die dreizehn Stunden schon irgendwie geschaukelt."

Patrick war überrascht. Mit dieser Reaktion hatte er nicht gerechnet.

„Gut, von meiner Seite sollte es auch gehen. Mit Olaf hatte ich ursprünglich ausgemacht, dass ich koche. Es gibt Nudelauflauf. Wenn Du mit essen willst, dann steuerst Du die Nudeln bei."

„Wow! Deinen Nudelauflauf?", fragte Jennifer überrascht. „Den habe ich ja seit Jahren nicht mehr gegessen. Tagliatelle, wie immer? Oder hast Du die Nudelsorte mittlerweile gewechselt?"

In ihrer dreijährigen Beziehung hatte immer Patrick gekocht und ihr das Kochen beigebracht.

„Deine Entscheidung!", sagte er trocken, um zu signalisieren, dass er das Gespräch langsam beenden wollte. Jennifer kannte diese Reaktion von Patrick.

„Alles klar, habe verstanden. Bis heute Abend!"

Jennifer legte auf, noch bevor Patrick „Tschüss" sagen konnte. Das Gespräch war genauso kühl verlaufen, wie er es geahnt hatte. Zu vieles war unausgesprochen. Er hatte sie damals betrogen, weil er sich zwischen ihr und einer anderen Frau nicht entscheiden konnte. Er führte ein Doppelleben in jeder Hinsicht.

Patrick überlegte, wie der Nachtdienst wohl verlaufen würde. Noch vor ein paar Jahren hatten sie fast jeden Nachtdienst miteinander verbracht. Sie waren ein eingespieltes Team, das sich in den schwierigsten Situationen aufeinander verlassen konnte. Er war damals ihr Ausbilder. Nach einiger Zeit wussten sie blind voneinander, was der andere jetzt tun würde. Ob es heute noch immer so sein würde, dachte Patrick. In den Jahren war viel passiert und ein dreizehn Stunden Nachtdienst konnte verdammt lang sein. Er hatte sich in den Jahren sehr verändert. Inwiefern würde sie sich verändert haben?

Viele Dinge hatte er damals falsch gemacht. Nicht nur, dass er Jennifer damals betrog, nein, sein komplettes Leben war aus den Fugen geraten. Viele Dinge, die er heute manchmal gerne ungeschehen machen würde. Aber die Zeit ließ sich nun mal nicht zurückdrehen. Mit den inneren Konflikten, die er seit damals mit sich trug, hatte er noch immer zu kämpfen. Er hatte zwar gelernt damit umzugehen, aber dennoch nagte es an ihm. Die Welt, die heute ihn umgab, war noch immer die gleiche. Aber er war ein komplett anderer Mensch geworden.

Kapitel Vier

Frank Liebknecht telefonierte gerade mit einem Vertreter für medizinische Fachartikel. Es war der fünfte Anruf eines Vertreters am heutigen Tage. Noch immer verstand es die Zentrale nicht, solche Anrufe abzuwimmeln. Unzählige Male schon hatte er es ihnen erklärt. Aber jedes Mal wieder erfanden die Vertreter neue Ausreden um den Leiter der Rettungswache sprechen zu wollen und die Zentralisten fielen darauf herein. Frank war ein frustrierter Rettungsassistent, der mit seinen fünfundvierzig Jahren jetzt seit nunmehr fünf Jahren auf dem Stuhl des Leiters Rettungsdienstes saß. Eigentlich hatte er sich seine berufliche Zukunft ganz anders vorgestellt. Gerne wäre er noch ein paar Jahre aktiv im Rettungsdienst gefahren, aber ein Bandscheibenvorfall vor fünf Jahren machte ihm einen Strich durch die Rechnung. Also stieg er um und wechselte auf die bürokratische Seite des Jobs. Sein Tagesablauf bestand im Wesentlichen darin, sich mit Krankenkassen über Transportabrechnungen rumzuärgern, Dienstpläne der Rettungsassistenten und Rettungssanitäter zu schreiben und zu versuchen das Budget der Abteilung in schwarze Zahlen zu bringen, was angesichts der neuesten Gesundheitsreformen nicht ganz so einfach war. Vor zwanzig Jahren hatte er noch Medizin studiert und nebenbei als Rettungssanitäter gearbeitet. Aber kurz vor Studienende brach er das Studium ab und machte eine Umschulung zum Rettungsassistenten. Die Stelle als Leiter Rettungsdienst wurde nicht wesentlich besser bezahlt, da ein aktiver Rettungsassistent mit Nachtschicht- und Wochenendzulagen zuweilen mehr verdiente als er. Auch das frustrierte ihn. Aber er hatte sich damit abgefunden. Er erledigte seinen Job so gut es ihm möglich war und begnügte sich damit, die besten Seiten des Lebens schon hinter sich zu haben. Im Hintergrund lief, mit einem leichten Rauschen durch den schlechten Empfang des Radiosenders, „Künstliche Welten" von Wolfsheim.

Ich komm´ zu dir,
halt´ deine Hand,
wir gehen gemeinsam durch dies wunderbare Land,
dass ich für dich erfand,
mit mathematischem Verstand.

Ein Wunder hier,
ein Traum gleich dort,
gerad´ noch hier und doch schon fort,
ich zeige dir mein Angesicht,
doch du siehst mich nicht.

In ein großes All,
ganz für dich allein,
hier kannst du endlich mal du selber sein,
im Neon-Sonnenschein,
fang´ ich dir deine Wünsche ein.

Frank Liebknecht hatte gerade aufgelegt, als sein Telefon erneut klingelte.

„Was?", brüllte er in den Hörer.

„Wir haben eben ein Fax der Alarmzentrale für die Fernfahrt heute Nacht erhalten.", gab die Zentralistin fast ängstlich als Antwort zurück.

„Sollte die Fahrt nicht morgen früh sein? Wen haben wir heute Nacht auf den Fahrzeugen sitzen?"

Frank fragte nicht ohne Grund, weil er schauen musste, ob die Fernfahrt machbar ist. Alle Fernfahrten, die das Stadtgebiet verließen, waren von den Rettungsorganisationen auf freiwilliger Basis machbar. Dazu wurde ein entsprechender Festpreis vereinbart. Eigentlich sollten Fernfahrten mindestens 24 Std. im Voraus angekündigt werden, um eine Planbarkeit sicherzustellen. Aber auch dies entsprach eher der Ausnahme und so musste Frank Liebknecht wieder das Beste daraus machen.

„Auf dem Einser-RTW sitzen Dieter und Jens, auf dem Zweier-RTW sitzen Patrick und Jennifer.", antwortete die Zentralistin jetzt weniger zaghaft. Die Rettungswache war nachts mit zwei Rettungswagen besetzt, die eigentlich für die rettungsdienstliche Versorgung innerhalb des zugewiesenen Stadtgebietes zuständig waren. Tagsüber waren auch Krankenwagen, KTW, für Transporte wie diese im Einsatz.

Mit Dieter und Jens hatte er somit eine hauptamtliche Besatzung und mit Patrick und Jennifer jeweils zwei Aushilfskräfte. Eigentlich sollte auf jedem Fahrzeug mindestens ein hauptamtlicher Rettungsassistent sitzen, aber manchmal war dies bei der Dienstplanung durch Krankheit nicht möglich. Mit Patrick als Teamleader auf dem zweiten Rettungswagen stellte dies kein Problem dar, da auch Frank wusste, dass Patrick in seinem Job besser war, als so mancher hauptberufliche Rettungsassistent. Aber hinsichtlich der Fernfahrt stellte es durchaus ein Problem dar, da man Aushilfskräfte nicht so einfach zu Überstunden verpflichten konnte.

„Wohin geht die Fernfahrt?", fragte Frank.

„Nach Berlin", antwortete die Zentralistin und fügte direkt noch die Diagnose dazu, als wenn dies einen Unterschied machen würde. „Krebs!".

Es machte natürlich keinen Unterschied. Für Frank ging es lediglich um die Strecke und die Berechnung von Zeit und Geld.

„Berlin? Verdammte Scheiße! Das sagen die uns jetzt erst?" Frank war kurz vor dem Platzen. Er berechnete die Route im Computer, während die Zentralistin nervös in der Leitung blieb.

„Das sind alleine achthundert Kilometer einfache Fahrt! Das heißt die Besatzung muss in Berlin übernachten! Ruf die Alarmzentrale an und gib Bescheid, dass wir die Fahrt nicht machen können! Soll sich doch irgendeine andere Organisation damit rumschlagen!"

Die Zentralistin erklärte Frank, dass die Geschäftsführung von der Alarmzentrale informiert worden war und diese Fahrt bereits zugesagt hätte. Wieder einmal war er übergangen worden in seiner Entscheidung. Es war nicht das erste Mal gewesen. Frank explodierte.

„Verdammt nochmal! Wer macht denn hier meinen Job? Die Geschäftsführung oder ich? Ruf Dieter und Jens an, dass sie die Fahrt heute Nacht machen!"

Zögerlich versuchte die Zentralistin zu erklären, dass Dieter ab morgen Urlaub hätte und dass Jens' Frau das erste Kind erwarte und kurz vor der Entbindung stehe.

„Dann rufe eben Patrick und Jennifer an. Sollte sich einer von beiden weigern, dann bitte umgehend zu mir durchstellen!"

„Jennifer habe ich schon erreicht, die kann auch. Patrick ist nicht zu erreichen, aber wir versuchen es weiter."

Frank legte auf und rechnet die Fahrt nochmal durch. Ausgerechnet heute, wo sich auch noch eine Sperrbesatzung auf dem Fahrzeug befindet. Er wusste, dass Jennifer und Patrick mal ein Paar gewesen waren und sich deshalb als Sperrbesatzung hatten eintragen lassen. Da müssen sie durch, sagte er sich.

Die Zentralistin hatte schon mehrere Nachrichten auf Patricks Mailbox hinterlassen, aber Patrick saß gerade in einer Konferenz mit seinem Geschäftsführer.

Frank hatte Patrick vor zwei Jahren kennen gelernt, als Patrick unvermittelt in sein Büro kam und sagte, dass er Rettungsassistent sei und gerne mal wieder Rettungsdienst fahren würde. Patricks Auftritt war anders, als der der sonstigen Bewerber, die er hatte. Dies fing schon mit der Kleidung an, da Patrick nicht wie die anderen Bewerber in Jeans vor ihm stand, sondern in einem maßgeschneiderten Anzug. Er machte von Anfang an einen souveränen Eindruck und wusste genau, was er wollte. Er überreicht ihm einen dreiseitigen Lebenslauf, der sowohl von der äußeren Form, als auch inhaltlich weit über dem lag, was er sonst an Lebensläufen in die Hände bekam. Patrick hatte bereits hauptberuflich einiges vorzuweisen: Ein Diplom in Architektur, die letzten Jahre in führenden Positionen tätig gewesen und zwei abgeschlossene Berufsausbildungen als Zimmermann und Rettungsassistent, beide mit Eins abgeschlossen. Die Aufzählungen im Rettungsdienst, den er bis auf eine kurze Ausnahme meist nebenberuflich gemacht hatte, ließen sich ebenfalls sehen: Leiter der Schnell-Einsatzgruppe im Katastrophenschutz, Fachausbilder für Chirurgische Notfälle im Rettungsdienst und nebenberuflicher Pressesprecher einer Hilfsorganisation in Mainz. Das was Patrick nebenberuflich als Erfolge zu verzeichnen hatte, konnte keiner seiner 59 hauptberuflichen Mitarbeiter nachweisen. Patrick war ihm von Anfang an sympathisch gewesen, weshalb sie binnen kürzester Zeit zu Freunden wurden und hin und wieder ein Bierchen nach Feierabend tranken, wenn Patrick nach dem Büro bei ihm vorbei kam.

Patrick absolvierte seine Dienste stets korrekt und war auch bei den Kollegen beliebt. Nicht bei allen, aber bei den meisten. Bei denen, die Patrick nicht mochten, stieg lediglich Neid auf dessen Erfolge auf, da Patrick durch seine Erfolge natürlich auch einige Privilegien hatte. Auch bei Frank hatte er durchaus seine Privilegien. Denn Patrick sprang meist dann ein, wenn wieder mal gar nichts ging und half Frank damit schon öfter aus der Patsche.

Auch Jennifer hatte Frank von Anfang an sympathisch gefunden. Sie war keine Rettungsassistentin wie Patrick, sondern lediglich Rettungssanitäterin, aber dies tat bei der Besetzung keinen Abbruch, da Jennifer auf anderen Gebieten weitaus über Durchschnitt lag. Auch sie arbeitete in Mainz und hatte andere Erfolge zu verzeichnen, als Patrick. Ihre pädagogischen Kenntnisse waren für Frank von unschätzbarem Wert. Sie verstand es Konflikte zu schlichten und so kam es die letzten Monate öfter vor, dass Jennifer bei Streitereien innerhalb des Hauses mit zu Rate gezogen worden war. Frank hätte Jennifer auch gerne im Betriebsrat gesehen, aber sie lehnte dankend ab, weil sie mit der Politik des Hauses nichts zu tun haben wolle.

So verschieden beide auch waren, Frank wusste, dass sie mal ein sehr hübsches und praktisches Paar gewesen waren. Sie ergänzten sich gegenseitig, da jeder von ihnen Stärken und auch Schwächen hatte, die beide auszugleichen wussten.

Jennifer war nicht nur bei Frank beliebt. Schon öfter hatten sich Kollegen bei ihm über sie erkundigt. Dass Jennifer mittlerweile mit Christoph zusammen war, wusste bis auf Frank keiner. Sie hielt sich mit ihrem Privatleben sehr zurück und Christoph war seit gut fünf Monaten mit ihr zusammen. Frank kannte Jennifers Vita, da sie sich hin und wieder auch privat unterhielten. So erfuhr Frank auch, dass Jennifer froh war, mal nicht mit jemandem aus dem Rettungsdienst zusammen zu sein, da dies nur zu Gerüchten innerhalb der Organisation führen würde.

Nachdem Patrick die Konferenz verlassen hatte, hörte er sein Mailbox ab, schenkte aber der Zentralistin keine große Aufmerksamkeit, die um einen Rückruf bat. Zu viel hatte er zu tun, was er noch abarbeiten musste. Er hatte nur noch wenige Stunden Zeit, um all die Arbeit zu erledigen, die vor Beginn seines Nachtdienstes noch getan werden musste. Den ganzen Tag war er in Konferenzen oder Meetings gewesen. Zum ersten Mal an diesem Tag aß er was. Ein Stück Zitronenkuchen, der von einer Mitarbeiterin gemacht worden war, weil sie Geburtstag hatte, was Patrick allerdings nicht wusste.

„Wer hat den Kuchen gemacht und warum?", fragte er Melanie, die gerade am Gehen war.

„Habe ich Dir per Mail geschrieben! Frau Schwarz hat heute Geburtstag!"

„Ich habe euch schon tausendmal gesagt, dass ich solch wichtige Mitteilungen lieber mündlich, als per Mail erfahren will. Wie stehe ich denn jetzt vor Frau Schwarz dar? Die ist mir heute schon zweimal über den Weg gelaufen. Die denkt doch glatt, dass ihren Geburtstag vergessen hätte!"

„Hast Du doch auch!", grinste Melanie und nahm ihre Tasche.

„Tschüss, bis morgen!", verabschiedete sie sich. Patrick hatte es sich von jeher zur Aufgabe gemacht, jedem Mitarbeiter persönlich zu gratulieren. Auch diesmal wollte er es nicht versäumen seiner Mitarbeiterin zu gratulieren. Patrick legte sein Stück Zitronenkuchen beiseite und suchte Frau Schwarz, die mitten im Großraumbüro saß. Er gratulierte ihr und plauderte mit ihr über Alltägliches, bevor er wieder zu seinem Schreibtisch zurückging. Um für den Nudelauflauf alle Zutaten beisammen zu haben, schrieb er eine Liste, da er die Sachen noch einkaufen musste, was allerdings in Anbetracht der Zeit unmöglich war. Christiane kam in sein Büro. um ihm noch einige Telefonnotizen zu überreichen.

„Christiane, ich habe da ein kleines Problem!", sagte Patrick mit dem Lächeln, wovon Christiane wusste, dass es um irgendwas ging, was nichts mit der Firma zu tun hatte. „Ich bräuchte mal schnell jemanden, der rüber zum Supermarkt läuft und mir ein paar Lebensmittel besorgt, die ich für heute Nacht brauche!"

„Ich dachte, ihr rettet da Menschenleben und fahrt höchstens mal mit Blaulicht zu McDonalds!", antwortete Christiane spöttisch.

„Haha, sehr witzig. Also, hast Du jemanden?"

„Ja, klar, gib mir die Liste, ich schicke jemanden rüber." Patrick gab ihr die Liste und Zwanzig Euro.

Christiane wusste nicht viel über seine Tätigkeit im Rettungsdienst. Aber sie hatte einige Zeitungsartikel über Patrick gelesen, wenn er bei irgendwelchen spektakulären Unfällen dabei war. Für Christiane war Patrick so eine Art Held, so wie sie sie aus „Emergency Room" kannte. Und sie war stolz darauf einen Chef zu haben, der Menschenleben rettete. Auch innerhalb der Firma hatte Patrick schon dem einen oder anderen Mitarbeiter geholfen der zusammengeklappt war. Sie bewunderte ihn dafür, wie er letztes Jahr Herrn Westphal reanimiert hatte, der mitten im Büro einen Herzinfarkt bekam und Patrick alles souverän koordinierte, bis der Rettungsdienst eintraf. Er machte dies mit der gleichen Souveränität, wie er auch sonst seine Projekte leitete. Doch trotz aller Bewunderung für Patrick, war er doch vielen Mitarbeitern ein Rätsel. Er war und blieb ein Mysterium.

Kapitel Fünf

Er diktierte gerade die letzten Sätze seines Arztbriefes in das Diktiergerät. Dr. Herbst war der zuständige Chefarzt der onkologischen Abteilung des Klinikums. Sein Blick schweifte über seinen vollen Schreibtisch, auf dem sich die Akten diverser Patienten stapelten. Neun Stunden hatte er heute schon im OP gestanden und noch war kein Ende des Dienstes in Sicht. Zu viele Arztbriefe hatte er noch zu diktieren. Auf dem Stapel ganz oben lag nun die Krankenakte von Pasqal. Einer der Fälle, die er nicht befriedigend abschließen konnte. Wieder nahm er das Diktiergerät und sprach zunächst die obligatorischen Personalien in das Diktiergerät. Danach widmete er sich der Krankengeschichte.

„Der Patient zeigte im Verlauf seines Aufenthaltes keine deutliche Besserung, Punkt. Die Anamneseerhebung zu Beginn der Therapie ergab, dass im basalen Raum der dritten und vierten ICR ein Tumor, Komma, etwa Tennisballgross, Komma, erhebliche Auswüchse bis hin zum rechten Quadranten der Pulmo angenommen hatte, Punkt. Die medikamentöse Behandlung mit Moxifloxacin löste bei dem Patienten Arrhythmien aus, Komma, woraufhin die Therapie abgebrochen wurde, Komma, respektive mit Tetrazyklin fortgesetzt wurde, Punkt. Da der Patient ebenfalls über Schmerzen im Pulmonalraum klagte, Komma, kam zur Sedierung Ibuprofen, Komma, eins, eins, null hinzu, Punkt. Nächster Absatz. Zur Lebensverlängerung empfehlen wir die Gabe von Broxylacin, Komma, sowie die ständige Gabe von 02, um die Depotisierung zu vereinfachen, Punkt. Die Lebenserwartung bei gleich bleibender Behandlung liegt bei etwa ein bis zwei Monaten, Punkt. Nächster Absatz. Für Rückfragen stehe ich Ihnen gerne zur Verfügung, Punkt. Absatz, Grußformel, et cetera."

Auch wenn dieser Fall unbefriedigend war, so lag es nicht nur an dem Fall an sich, sondern auch am Patienten, der den

Fall zu etwas Besonderem machte. Er hatte schon viele Fälle erlebt, bei denen nicht der Patient gesiegt hatte, sondern der Krebs. Auch ließ ihn der kleine 11-jährige Junge nicht unbeeindruckt. Er erinnerte sich an seine erste Visite bei dem kleinen Pasqal. Seitens der Schwestern, als auch der Ärzte hatte er schon zugetragen bekommen, dass da ein neuer Patient auf Station wäre, der zu allem und jedem seinen Senf zugeben würde und frech wie Oscar wäre. Umso weniger freute er sich auf die Visite des neuen Patienten, da er zu diesem Zeitpunkt schon eine 36-Stunden-Schicht hinter sich hatte und sich nur noch auf den Heimweg freute. Zur Visite angekommen sah er sich einem kleinen Jungen im Bett sitzend entgegen stehend der ihn frech angrinste.

„Wie geht's uns denn heute Morgen?", fragte Dr. Herbst im typisch klischeehaften Chefarzt-Ton.

„Ich weiß nicht, wie es Ihnen geht, aber sie sehen so aus, als hätten sie lange nicht mehr geschlafen und wirken etwas verknittert. Aber mir zumindest geht es soweit gut, falls es das ist, was sie wissen wollten!", antwortete Pasqal rotznäsig.

„Na da haben wir wohl einen kleinen Spaßvogel!", kommentierte Dr. Herbst etwas schroff, da er einen solchen Ton von seinen meist noch jungen Patienten nicht gewohnt war. Pasqal wiederum berührte das wenig und konterte ebenfalls.

„Naja, den Clown haben wohl eindeutig sie gefrühstückt, denn ich hatte noch kein Frühstück!"

Dr. Herbst war beeindruckt von Pasqals Schlagfertigkeit, die ihm da entgegen schlug. Die gleiche Prozedur ereignete sich in den kommenden Tagen immer wieder, bis Dr. Herbst irgendwann nicht mehr nach Pasqals Befinden fragte und auch nicht mehr ganz so arrogant wirkte, wie am ersten Tag seiner Visite bei Pasqal.

Es dauerte nicht lange, bis auch Dr. Herbst Pasqal in sein Herz geschlossen hatte.

Schwester Dany war gerade dabei den Korb voller Süßigkeiten zu richten. Alle Schwestern und Pfleger hatten für Pasqal zusammengelegt und wollten ihm zum Abschied einen Korb voller Süßigkeiten schenken. Plötzlich tauchte Lernschwester Kati hektisch und völlig außer Atem bei ihr auf.

„Dany, komm schnell, im Zimmer 314 gibt es einen Alarm!"

Zimmer 314 war Pasqals Zimmer. Schwester Dany rannte zum Zimmer.

„Ruf Dr. Galari an, Notfall!"

Als sie die Tür aufmachte, piepste es unaufhörlich aus dem Sauerstoffgerät, das mit einer Nasensonde mit Pasqal verbunden war. Pasqal lag auf dem Bett und krümmte sich vor Schmerzen, sein Gesicht war blau angelaufen und er stöhnte. Schwester Dany drückte auf das Sauerstoffgerät, bis der Piepston erlosch und erhöhte die Sauerstoffzufuhr. Dr. Galari war gerade um die Ecke gebogen, als Kati ihm von dem Alarm erzählte. Er lief ins Zimmer und erkundigte sich nach dem Zustand von Pasqal.

„Was ist passiert?", fragte er.

„Die 02-Sättigung ist auf 78% zurückgefallen. Ich habe die Zufuhr auf sechs Liter erhöht.", antwortete Schwester Dany stakkato artig.

„Nehmen Sie die Sonde raus und geben Sie 8 Liter über Maske. Anscheinend versagt die Lunge jetzt komplett."

Pasqal krümmte sich immer noch vor Schmerzen und hielt seine Fäuste vor die Brust.

„Wir geben ihm noch 1mg Fentanyl!", wies Dr. Galari ergänzend an. Aus ihrem Kittel holte Schwester Dany eine Ampulle raus und zog mit einer Spritze das Medikament auf. Die Spritze steckte sie auf den Zugang, der schon an Pasqals rechten Arm lag.

„Pasqal, du bekommst noch ein Schmerzmittel. Das wird dich ein bisschen schläfrig machen.", kommentierte Schwester Dany, während sie ihm das Medikament gab. Pasqal nickte, da er die Prozedur schon kannte.

„Ich überlege, ob wir ihn nicht lieber mit dem Hubschrauber nach Berlin fliegen lassen sollten.", sagte Schwester Dany und schaute fragend zu Dr. Galari.

„Das geht nicht! Wegen des Druckunterschiedes würde sein linker Lungenflügel ebenfalls kollabieren.", antwortete Dr. Galari, während er sich ebenfalls wünschte, dass es möglich wäre.

„Bevor die NAW-Besatzung heute Abend fährt, möchte ich nochmal mit dem NAW-Arzt sprechen!"

Schwester Dany hörte nur mit halbem Ohr hin und merkte nicht, das Dr. Galari NAW, also Notarztwagen und nicht RTW, also Rettungswagen, sagte.

„Ja, klar, ich schicke die Besatzung zu ihnen."

Frank Liebknecht war gerade im Begriff zu gehen, als die Zentrale anrief.

„Ich habe Patrick Lebóire in der Leitung!", sagte die Zentralistin.

„Stell' durch!" In der Telefonleitung knackte es kurz.

„Servus, Patrick!"

„Hallo Frank! Das ist nicht Dein Ernst, oder?", fragte Patrick, der zwischenzeitlich schon von der Zentrale bezüglich der bevorstehenden Fernfahrt informiert wurde.

„Kann nicht die Einser-Besatzung fahren?"

„Wenn es ginge, dann würde ich nicht auf euch beide setzen. Dieter hat Urlaub ab morgen und Jens´ Frau ist schwanger, wie Du weißt. Das kann ich nicht bringen."

Patrick hasste Fernfahrten und er hasste Krankentransporte, obgleich er wusste, dass sie zum Job gehörten. Aber diesen Teil des Jobs hasste er.

„Shit, irgendwas ist immer. Ich werde eure Organisation da nie begreifen. Wie ihr Profit macht, ist mir unbegreiflich!", sagte Patrick nicht zum ersten Mal in einem Gespräch mit Frank. Zeitgleich schaute Patrick in seinen Kalender, um zu schauen, welche Termine er wegen der Fahrt umkoordinieren müsste.

„Deswegen machen wir ja keinen!", grinste Frank. „Also, kann ich nun mit dir rechnen?"

„Ja, verdammte Axt. Hätte zwar ein wichtiges Meeting, aber dann wird eben eine Telefonkonferenz draus."

„Oh, der feine Herr hat eine Telefonkonferenz!", meinte Frank ein wenig spöttisch, obwohl er wusste, dass Patrick nicht damit prahlen wollte, sondern sein Tag tatsächlich immer so aussah. Er schätzte Patrick auch wegen dessen Job. Er wusste, dass Patrick einen wesentlich aufregenderen Tag im Büro hatte, als er es je hatte. Und insgeheim wünschte er sich, er hätte ein wenig die Karriere von Patrick gemacht. Aber auch er wusste, dass Patrick nicht immer so ein Leben führte. Er wusste von Patricks Vergangenheit und bewunderte ihn dafür umso mehr.

Sie tauschten noch ein wenig Klatsch über den neuesten Tratsch im Rettungsdienst aus, bevor sie auflegten.

Nachdem Patrick aufgelegt hatte, schaute er auf sein Handy. Noch immer war Melindas Bild als Bildschirmschoner hinterlegt. Im weißen Hochzeitskleid stand sie da. Mit einem Lächeln auf ihrem sonst so harten Gesicht, in das er sich nicht gleich verliebte, aber dafür umso mehr, je öfter er es streicheln durfte. Ein Gesicht, was er niemals vergessen würde. Jedes Mal wenn „Farbe Deiner Stimme" von Laith Al-Deen im Radio lief, musste er daran denken.

Die Farbe Deiner Stimme,
der Ton in Deinem Blick,
der Klang in Deinen Augen,
den vergess´ ich nicht.

Die Farbe unserer Wahrheit,
mein Wort aus Deiner Sicht,
auf Zeiten meines Lebens,

Dich vergess´ ich nicht.

So oft hatte er es gestreichelt, war ihre Gesichtszüge entlang gefahren, an ihrer Stirn vorbei, auf der sie drei Sorgenfal-
ten hatte, die ihrem Gesicht nur noch mehr Ausdruck verliehen,
als es ohnehin schon hatte. Vorbei an ihren braunen Augen, die
zugleich ernst, aber auch so verliebt schauen konnten. Das
linke Auge, das im unteren Bereich des weißen Bereichs ein
geplatztes Blutgefäß zeigte, nur ganz winzig, aber markant
genug, dass er es am ersten Tag ihrer Begegnung gesehen hatte.

Verlobt waren sie, geheiratet hatten sie nicht. Und dennoch
stellte er es sich nicht nur einmal vor, wie es gewesen wäre,
wenn er sie in diesem wunderschönen, weißen Hochzeitskleid
geheiratet hätte. „Das wird aber nicht das endgültige Kleid!"
hatte sie im Brautmodengeschäft gesagt, als sie dieses Kleid
anprobierte. Sie war die erste Frau, die er heiraten wollte. Sie
war die erste Frau, bei der er keine Kompromisse machen
musste. Immer musste er irgendwelche Kompromisse machen.
Auch bei Jennifer. Zwar nur kleine, aber eben Kompromisse.
Nicht bei Melinda. Alles hatte gepasst. Sie war der passende
Deckel zum passenden Topf.

In jeder Beziehung hatte er bis jetzt immer etwas gelernt.
Immer ein wenig mehr dazugelernt. Aber bei Melinda war es
anders. Bei ihr hatte er nicht nur 'ein wenig' dazugelernt. An ihr
würden sich alle nachfolgenden Frauen von Patrick messen
lassen müssen. Aber Patrick wollte gar keine andere Frau mehr.
Zulange hatte er nach Melinda gesucht, sie gefunden und dann
wieder verloren. Zu viele Fehler hatte er gemacht. Er war nicht
reif für diese Beziehung gewesen. Für alle anderen Beziehungen war er reif. Aber nicht für diese. Er hatte noch zu viel zu
lernen. Durch sie war er erwachsen geworden. Der Preis für
das Erwachsen werden war sie.

„Eine toughe und straighte Frau!", hatte seine Mutter zu
ihm gesagt, als Melinda gegangen war. „Schade dass Du es

verbockt hast mit ihr. Hätte sie gerne als Schwiegertochter gesehen!"

Monatelang hatte Patrick ihr nach getrauert, in langen Nächten im Gefängnis geweint. Verflucht hatte er sich, weil er wieder mal nicht nachgedacht hatte. Und sie reagierte genauso, wie keine andere Frau reagiert hätte. Sie brach den Kontakt ab. Kurz und schmerzlos. Ohne Drama. So war sie. Ohne Drama. Einfach straight. Und genau das liebte er so sehr an ihr. Sie war anders als alle anderen. Und genau das machte sie aus.

Er packte sein Handy in die Tasche und flüsterte: „Ich liebe dich noch immer. Von hier bis zum Mond."

Kapitel Sechs

Es war kurz vor Zwölf Uhr, als Jennifer gerade nach Hause kam. Den ganzen Tag schon musste sie an Patrick denken. Dabei hatte sie die letzten Jahre kaum an ihn gedacht. Es hatte damals sehr wehgetan, sich von ihm zu trennen. Jetzt, nach all den Jahren des Abstands, tat es nicht mehr so weh. Denn es waren auch drei schöne Jahre gewesen, in denen sie zusammen waren. Für sie war am Ende damals eine Welt zusammengebrochen.

Aus dem iPod, den sie noch immer im Ohr hatte, kam passender Weise ein Lied, dass sie damals so oft gehört hatte. „Meine letzte Bitte!"

Meine letzte Bitte,
kannst Du mir sagen, was es war?
Waren wir uns nicht eben noch so nah?
War das alles nur Illusion`?
Meine letzte Bitte,
wenn Du´s weißt, dann sag´s mir schon!

Sie hatten sich damals im Rettungsdienst kennen gelernt. Sie konnten sich überhaupt nicht leiden, obwohl sie eigentlich überhaupt nichts voneinander wussten. Er war ihr zu arrogant und sie war ihm zu verspielt. Zumindest war dies so, bevor sie zusammen nach Nürnberg gefahren waren. Eine Fahrt, wie es heute Nacht eine werden würde. Es war einer ihrer ersten Nachtdienste gewesen und sie hatte regelrecht Panik, als sie seinen Namen auf dem Dienstplan las. Er hatte den Ruf von seinen Kollegen mindestens 100% zu erwarten. Es sprach sich herum, dass er eine Art Koryphäe als Rettungsassistent sei. Hart und unerbittlich, hieß es, sollte er zu seinen Kollegen sein. Und doch war es ganz anders im darauf folgenden Nachtdienst. Er war viel verständnisvoller, als alle vorausgesagt hatten. Ihr gefiel seine liebevolle Art, wie er mit Patienten sprach und ihnen das Gefühl gab, dass sie in sicheren Händen seien.

„Hallo, Du musst Jennifer sein! Meine Teampartnerin, heute Nacht!".

Teampartner. Alle hatten zu ihr gesagt, dass er keine Partner auf dem Wagen akzeptiere, sondern lediglich eine One-Man-Show aus dem Dienst machen würde. Aber sie hatten sich alle getäuscht. Oder nicht? Er war so verständnisvoll, zeigte ihr alles liebevoll und gab ihr Tipps, die ihr bis dahin nie jemand gegeben hatte. Er strahlte eine unglaubliche Ruhe aus. Jeden Handgriff zeigte er ihr und sie fühlte sich noch immer als Schülerin, die noch nicht ihren Abschluss gemacht hatte. Dabei hatte sie ihren Abschluss doch schon längst in der Tasche. Sogar mit Eins abgeschlossen. Aber dennoch hatte sie das Gefühl, dass er alles wüsste und sie nichts. Und gleichwohl machte er keinen arroganten Eindruck. Im Gegenteil. Der erste Einsatz mit ihm war dann auch gleich noch ein schwerer Verkehrsunfall mit mehreren Verletzten. Er koordinierte alles mit großer Gelassenheit, so dass sie direkt das Gefühl bekam, dass nichts Schlimmes passieren könnte, solange er da war. Im Nachhinein musste sie sich dabei eingestehen, dass sie sich noch im gleichen Nachtdienst in ihn verliebt hatte.

Dabei hatte sie gerade eine Beziehung hinter sich, die noch nicht wirklich abgeschlossen war und eigentlich gar keine Ambitionen besessen eine neue Beziehung einzugehen. Aber auf der Fahrt nach Nürnberg erfuhr sie mehr von dem sonst so geheimnisvollen Patrick Lebóire. Sie erzählten sich gegenseitig von ihrem Werdegang und stellten fest, dass die gegenseitigen Gerüchte über einander auf der Wache so gar nicht stimmten. Er war weder der arrogante, snobistische Profilneurotiker, noch war sie die verspielte, tussiartige Frau, für die sie alle hielten. Noch während der Fahrt schüttete sie ihm fast ihr ganzes Herz über sich aus, obwohl sie dies eigentlich gar nicht wollte. Aber er hatte diese empathische Art, sich in alles so einfinden zu können, dass sie das Gefühl hatte, er würde sie verstehen. Dabei gab er weniger kluge Ratschläge, sondern hörte einfach nur zu und sagte nur ab und wann was, aber wenn er etwas sagte, dann hatte es Hand und Fuß.

Jennifer packte die Tagliatelle für den heutigen Nachtdienst in ihre Tasche. Es stimmte nicht ganz, dass sie den Nudelauflauf seit Ewigkeiten nicht mehr gegessen hatte. Schon oft hatte sie den Nudelauflauf für sich selbst oder Freunde gemacht. Er hatte ihr das Rezept ja beigebracht. Wie so vieles, was er ihr im Leben beigebracht hatte. Durch ihn wurde sie erwachsen. Soviel gab es, was sie von ihm lernen konnte. Sie hatte damals den Eindruck dass er der erste selbstständige Mann in ihrem Leben war. Er zeigte ihr die große Welt, die sie bis dahin nicht kannte. Mit seinen damals 28 Jahren war er ihr mit ihren gerade mal 23 Jahren so weit überlegen. Es lagen geradezu Welten zwischen ihnen. Sie war damals noch das Mädchen, das jedes Wochenende von einem Club in den anderen zog. Durch ihn war sie ruhiger geworden. Er gab ihr den nötigen Halt, den sie damals brauchte. Aber er war es auch, der ihr wehgetan hatte. Damals, als sie ihn mit seiner Ex-Freundin im Café sitzen sah. Damals, als er noch ein Doppelleben führte. Damals, als es nach ihrer Beziehung mit ihm bergab ging und sie die ganze Wahrheit über ihn erfuhr. Damals, als es soweit bergab ging, dass er sogar im Gefängnis landete. Sein ganzes Leben warf er damals weg. Alles war ihm egal gewesen. Er hatte damals nicht nur sie verloren. Nein, auch alle Freunde und Bekannten hatte er verloren. Ihr war es damals nicht egal, wie es ihm während der Zeit ging, aber der Schmerz der Lüge war so groß, dass sie sich von ihm abwenden musste. So großartig die Beziehung damals mit ihm auch war, so tief verletzend war auch der Fall, den sie durch ihn erlebte. Aber vergessen hatte sie ihn niemals ganz. Dazu war er als Person zu einzigartig. Selbst jetzt, Jahre nach der Beziehung hatte sie nie wieder jemanden getroffen, der so war wie er. Aber die Zeit verstrich und der Schmerz ging mit der Zeit weg. Aber ihre Liebe würde dadurch nicht zurückkehren. Oder doch?

Wieder erholt saß Pasqal in seinem Bett. Die Medikamente hatten gewirkt und so verspürte er auch keine Schmerzen mehr. Die Schwestern hatten ihm einen Präsentkorb mit Süßigkeiten geschenkt und waren alle zur Verabschiedung gekommen. Selbst der Oberarzt, Dr. Herbst, war zur Verabschiedung gekommen. Pasqal freute die Überraschung. Auch er hatte sich an die Schwestern, Pfleger und Ärzte gewöhnt. Selbst Schwester Dany, die er am Anfang gar nicht ausstehen konnte, vermisste er jetzt schon, obwohl er noch gar nicht weg war. Zu oft hatte er jetzt schon in einem Krankenhaus gelegen und sich an die verschiedenen Menschen gewöhnen müssen. Es war keine besondere Umstellung mehr für ihn. Im Gegenteil, er hatte ein Spiel daraus gemacht, da er für sich selbst sehen wollte, wie schnell er Menschen einschätzen konnte und dann das Ergebnis mit dem abgleichen, was er sich im Vorhinein gedacht hatte.

Die Überraschung erinnerte Pasqal an seinen siebten Geburtstag. Es war sein bislang schönster Geburtstag, an den er sich erinnern konnte, denn alle weiteren Geburtstage erinnerten ihn nur daran, wie schnell sein Leben vorbei sein konnte. Aber Pasqal war insgesamt kein trauriges Kind. Er verstand es erstaunlich gut mit seinem Schicksal umzugehen. Statt der vergangenen Zeit hinterher zu trauern, freute er sich über jeden weiteren Tag, den er verbringen durfte. Anfangs war er noch in tägliche Traurigkeit verfallen, aber irgendwann machte er sich Gedanken über seine weitere Zukunft. Er wusste, dass er nicht mehr viel Zeit hatte, nur wusste er leider nicht, wie viel Zeit ihm noch blieb. Kein Arzt konnte es ihm im Vorhinein sagen, wie viel Zeit ihm letztendlich noch bleiben würde.

Damals, als ihm mehrmals Hoffnungen gemacht wurden und diese im fast gleichen Atemzug wieder revidiert wurden. Irgendwann erkannte Pasqal, dass er am Ausgang des Vorgangs nichts ändern konnte. Er hatte keinerlei Einfluss auf die Situation und genau dies machte ihn fast ohnmächtig. Mit ansehen zu müssen, dass er nicht die Macht hatte daran etwas zu ändern, war er leid. Die Krankheit ließ sich nicht besiegen und das dazugehörige Schicksal auch nicht. In so manchen Nächten lag er wach und weinte die halbe Nacht durch. Er weinte darüber, dass es so ungerecht war, dass gerade er diese Krankheit bekam. Er verstand nicht, was er verbrochen hatte, dass ihm diese Strafe zuteilwurde. Er hatte doch nichts falsch gemacht. Die ganze Zeit seines Lebens hatte er doch immer alles richtig gemacht. Er war nicht an kleinen Jungenstreichen beteiligt, er log nie und gestohlen hatte er schon gar nicht. Und trotzdem wurde er für irgendwas bestraft, aber er wusste nicht für was. Nächtelang grübelte er darüber nach, was es wohl sein könne, dass er verbrochen habe. Aber er kam zu keiner Lösung. Auch bei seinen Eltern fragte er nach, aber auch sie hatten keine Lösung für ihn. Sie versuchten ihn zu beschwichtigen, aber genau das wollte er nicht. Er wollte Antworten haben. Eine Antwort darauf, warum sein Schicksal so war, wie es war. Pasqal fragte jeden, mit dem er sprechen konnte. Aber auch hier erhielt er keine zufriedenstellende Antwort. Immer wieder bekam er als Antwort, dass er nicht schuld sei. Aber genau das wollte er nicht wissen, denn das wusste er schon. Er wollte eine Antwort auf seine Frage. Er beschäftigte sich damit, warum es möglich ist, dass Menschen eine Krankheit bekommen, die so aussichtslos ist, dass sie daran sterben. Dabei bekam er immer wieder das gleiche Wort zu hören: Schicksal. Aber was genau war denn nun das Schicksal? Und wer war dafür verantwortlich? Konnte man das Schicksal beeinflussen? Im Internet fand Pasqal mehrere Bedeutungen für das Wort Schicksal. So fand Pasqal heraus, dass einerseits das Schicksal als eine Art personifizierte höhere Macht dargestellt wird. Auf der anderen Seite fand er die veränderbare Schicksalsgebung. Man unterschied zwischen einer personifizierten und einer unpersönlichen Macht.

Neben dem Wort Schicksal fielen Pasqal aber auch andere Begriffe auf, die er von den meisten Menschen hörte. Fast im gleichen Atemzug, wenn ihm jemand erzählte, dass seine Krankheit eine Art Schicksalsschlag wäre, wurde meist auch der Begriff von „Chance" erwähnt. Daraus ergaben sich für Pasqal weitere Fragen, auf die er keine Antwort bekam. Wo sollte seine Chance liegen, wenn er sterben würde? Worin sollte der Sinn einer Chance liegen, wenn er nicht mal erwachsen werden würde? Wenn das Schicksal tatsächlich eine Art Chance darstellen würde, in welcher Form müsste sich diese für Pasqal darstellen? Seine Lebenserwartung und somit auch Lebenschance lag bei null. Sollte es für ihn etwa noch andere Chancen geben? Eine Chance nach dem Tod? Wenn dem so war, wo war dann seine Chance in seinem jetzigen Leben? Oder sollte es vielleicht so sein, dass die Chance gar nicht für ihn bestand, sondern für irgendwen anders? Möglicherweise für ein anderes Kind, dass seine Organe bekommen würde, wenn er sterben würde? War das des Rätsels Lösung? Nein, diese Antwort wäre zu einfach gewesen.

Pasqal nahm sich vor, mehr über den Begriff des Schicksals erfahren zu wollen. So entdeckte er, dass sich in der griechischen Mythologie der Gedanke des Schicksals als personifizierte Macht entwickelte. Diese Schicksalsmacht sollte sowohl den Weltlauf, als auch das individuelle Leben beherrschen. Aber was hatte das mit ihm, dem kleinen Pasqal, zu tun? Im Religionsunterricht hatte Pasqal schon so einiges über Gott erfahren. Er war als kleines Kind getauft worden, aber vielmehr hatte er mit Gott nicht zu tun. Er stellte sich die Frage, ob er vielleicht diesen Gott in irgendeiner Weise verärgert haben könnte. Und wenn ja, wie? Pasqal kannte die zehn Gebote und so nahm er sie sich vor und überprüfte, ob er irgendeines der Gebote nicht eingehalten hatte. Jedes einzelne Gebot nahm er sich vor und überdachte jede einzelne Situation, die er aus seinem Leben kannte. Aber so viele Gedanken er sich auch machte, er konnte beim besten Willen kein Fehlverhalten erkennen. Pasqal war nicht unbedingt gläubig gewesen, aber er war auch nicht ungläubig. Er wusste einfach nicht, was er von Gott, der Kirche und ihren Bräuchen halten sollte. Er hatte sich dazu noch keine Meinung gebildet. An einem Sonntag, während er in einem Berliner Krankenhaus lag, machte sich Pasqal auf den Weg in den Kirchenraum des Krankenhauses. Er nahm am Gottesdienst teil, in der Hoffnung hier eine Antwort auf seine Fragen zu bekommen. Im Anschluss an den Gottesdienst lief Pasqal zum Krankenhauspfarrer und erklärte ihm seine Situation. Der Pfarrer hörte ihm geduldig zu. Er erklärte Pasqal, dass er vor Gott nichts zu befürchten habe, da Gott jedem verzeihen und vergeben würde, solange dieser Buße tut. Aber wirkliche Antworten auf seine Fragen konnte ihm auch der Pfarrer nicht geben. Stattdessen gab ihm der Pfarrer einen anderen Rat mit auf den Weg. Und wieder benutzte der Pfarrer ein Wort, dass er einige Male zu vor auch schon von anderen gehört hatte: Chance. Er gab Pasqal den Rat, dass er seine verbleibenden Chancen nutzen und den Rest seines Lebens genießen solle. Aha. Die Chance für sich selbst nutzen. Aber was hatte er von dieser Chance? Sterben würde er sowieso. Was meinte der Pfarrer also mit eigener Chance? Was war denn nun seine Chance? Für immer von der Welt zu verschwinden? Aber er wollte doch eigentlich gar nicht von dieser Welt gehen. Außerdem war immer noch nicht der Sinn seiner Krankheit klar. Für wen hatte es einen Nutzen, dass er krank war und bald sterben würde?

Er überlegte, wie es damals war, als sein Vater gestorben war. Hatte das einen Sinn? Sein Vater war im Dienst von einem Einbrecher erschossen worden, der auf der Flucht war. Damals war Pasqal gerade mal zehn Jahre alt geworden und es war nun schon fast eineinhalb Jahre her. Aber er vermisste seinen Vater noch immer schrecklich. Den Sinn des Todes seines Vaters hatte er bis heute noch nicht verstanden. Es machte alles keinen

Sinn. Seine Mutter war daraufhin schwer krank geworden und wusste sich überhaupt nicht mehr weiterzuhelfen. Pasqals Großmutter hatte bei der Beerdigung zu ihm gesagt, dass alles irgendwann einen Sinn ergibt. Dieses zu erkennen wäre das große Geheimnis. Etwas Ähnliches sagte ihm auch der Pfarrer. Eigentlich hatte sich Pasqal ein wenig Trost vom Pfarrer erhofft, bzw. gewünscht. Aber es kam ganz anders. Relativ nüchtern und neutral erklärte ihm der Pfarrer, dass seine Krankheit zwar schlimm, dies aber nun mal nicht änderbar sei und es der „göttlichen Vorsehung" entspräche. Damit konnte Pasqal im ersten Moment gar nichts anfangen. Der Pfarrer erklärte ihm, dass alles, was auf der Welt passiert, von Gott so vorgesehen ist und es dafür auch eine Erklärung gäbe, die Menschen im ersten Moment aber nicht verstehen würden. Er erklärte ihm, dass zum Beispiel die buddhistischen Mönche ein gewisses Karma erreichen müssten, ehe sie den Sinn des Lebens begreifen würden. Dieses würde manchmal ein Leben lang dauern. Tja, aber genau da lag ja Pasqals Dilemma. Sein Leben würde eben nicht mehr allzu lange dauern und somit hatte er auch nicht so viel Zeit wie ein buddhistischer Mönch. Zum anderen konnte Pasqal nicht so ganz nachvollziehen, dass Gott es zulässt, dass kleine Kinder ermordet oder gar im Babyalter am plötzlichen Kindstod sterben. Was für einen Sinn sollte das haben? Ein Baby hätte ja dann noch viel weniger Zeit, sich sein Karma zu bilden und das Ganze zu verstehen. Und welchen Sinn sollte es für die Eltern machen, die dann traurig zurückbleiben und den Verlust ihres Kindes überwinden müssen. Auch dazu hatte der Pfarrer zwar eine Antwort, aber sie genügte Pasqal nicht. Seine Antwort lautete, dass Gott jedem Menschen nur so viel aufbürdet, wie viel der einzelne auch tragen kann. Pasqal dachte lange über diesen Satz nach. Er musste an seine Mutter denken, die nach dem Tod seines Vaters schwer krank wurde. Sie konnte mit der Last, „die ihr aufgebürdet wurde" nicht umgehen. Oder etwa doch? Aber wenn jetzt auch noch er sterben würde, könnte sie dies dann verkraften? Oder würde sie dadurch noch kranker werden? Es entstanden immer mehr Fragen in Pasqals Kopf. Jede neue Antwort, die er bekam, warf auch gleichzeitig zwei neue Fragen auf. Dabei wollte er doch so gerne den Sinn seiner Krankheit verstehen.

Er wollte den Sinn des Todes seines Vaters erkennen. Aber er hatte ihn noch nicht erkannt. Stattdessen wurde er trauriger und trauriger. Denn er hatte ja so wenig von seinem Vater gehabt. Die letzten Jahre nach der Diagnose von Pasqal zog sich sein Vater immer mehr zurück. Er baute eine Schutzmauer auf, durch die er niemanden durch ließ. Er hatte zwar seine Mutter schon öfters weinen sehen, aber seinen Vater nie. Stattdessen trank sein Vater immer mehr Bier und kam öfters abends viel zu spät nach Hause und war dann auch noch meistens betrunken. Pasqal hatte keinen Zugang mehr zu seinem Vater. Eine Zeit lang hatte Pasqal das Gefühl, dass sein Vater böse auf ihn wäre, weil er diese Krankheit hatte. Aber mit der Zeit wurde Pasqal klar, dass er nicht schuld war. Denn er konnte ja nichts dafür, dass er diese Krankheit bekam. Sein Vater redete nicht mehr viel mit Pasqal, seit die Diagnose bekannt wurde. Er zog sich immer mehr zurück und verschloss sich auch vor seiner Frau. Des Öfteren hatte sie sich an ihren Mann wenden wollen, um ihren Kummer von der Seele zu sprechen. Aber er hörte ihr kaum zu und tröstete sie lediglich mit seichten Worten, die sie schon so oft gehört hatte. Sie hätte eine starke Schulter gebraucht, an die sie sich anlehnen konnte, aber diese starke Schulter schien nicht mehr da zu sein. Auch körperlich bemerkte Pasqal eine Veränderung bei seinem Vater. Früher war sein Vater groß und stämmig gewesen. Aber nach einiger Zeit schien es so, als würde er schrumpfen. Pasqal verstand das alles nicht. Aus einer Frage waren immer mehr Fragen geworden und es schien, als würden seine Fragen niemals beantwortet werden.

Irgendwann in einem seiner zahlreichen Krankenhausaufenthalte las Pasqal einen Satz, den er auf einem Plakat in der Krankenhaus-Cafeteria sah. Auf diesem Schild stand ein Satz, der ihn zugleich stutzig und nachdenklich machte.

Gib mir die Kraft,
Dinge so hinzunehmen, wie sie sind,
denn ich kann sie nicht ändern.

Pasqal überlegte, was es mit diesem Satz auf sich haben könnte. Zum einen hörte sich der Satz so an, als solle man aufgeben. Und das wollte Pasqal auf gar keinen Fall. Auf der anderen Seite hatte der Satz einen Sinn. Denn es war ja tatsächlich so, dass er den Verlauf seiner Krankheit nicht ändern konnte. Er hatte ja keinen Einfluss darauf, was weiter passieren würde. Auch die Ärzte hatten keinen Einfluss. Die Medikamente, die er bekam bekämpften ja nicht die Krankheit, sondern lediglich die Symptome und das war zumindest etwas. Also hatte der Satz ja doch einen Sinn. Was brachte es ihm, dass er nächtelang wach lag und sich die Augen ausheulte? Nichts. Seine Krankheit wurde dadurch ja nicht besser! Wie groß seine Verzweiflung in jenen Nächten auch war, die Krankheit wurde damit nicht weniger. Da er also die Krankheit nicht heilen, aber mit Medikamenten die Symptome lindern konnte, konnte er vielleicht wenigstens mit der notwendigen Willenskraft die Verzweiflung eindämmen. Er überlegte sich, wie er sich in diesen Nächten, wenn es mal wieder einsam und traurig werden sollte, an diesen Satz erinnern könnte. Es dauerte nicht lange und Pasqal hatte sein eigenes Lebensmotto gefunden:
Verzweifle nicht daran!

Kapitel Sieben

Herr Beckmann saß gerade in seinem Büro an seinem Schreibtisch. Das Büro war nicht sonderlich groß, da er sich nur einmal die Woche an diesem Standort aufhielt. Es hingen auch keine Bilder an der Wand und das Interieur war auch überschaubar. Der wöchentliche Abgleich mit seinem Projektleiter Patrick Lebóire genügte ihm völlig. Die Zahlen und Bilanzen entsprachen immer den Anforderungen, ja sie lagen sogar deutlich über den Anforderungen. Es klopfte an der Tür und Patrick trat auch direkt ein, ohne ein „Herein" von Beckmann abzuwarten.

„Oh, ´tschuldigung, dumme Angewohnheit von mir!", sagte Patrick und grinste dabei.

Patrick machte sich nichts aus geschlossenen Türen. Er hasste sie sogar. Patrick selbst hatte seine Bürotür meistens offen, da er zum einen keine Geheimnisse vor seinen Mitarbeitern hatte und zum anderen symbolisch ein Zeichen für die Offenheit im Unternehmen setzen wollte. Auch andere Projektleiter hatten mittlerweile ihre Türen offen, sofern nicht wichtige Meetings stattfanden, die dann doch mal hinter verschlossenen Türen stattfinden mussten. Herr Beckmann hingegen war der einzige am Standort, der noch immer regelmäßig seine Türen schloss. Die Art, zwar anzuklopfen, aber dennoch direkt die Tür zu öffnen, war Patricks Methode, sich ein wenig über das Verhalten seines Geschäftsführers zu mokieren. Zu Beginn seiner Tätigkeit im Unternehmen hatte Patrick des Öfteren versucht seinen Chef dazu zu bewegen doch immer die Türen zu öffnen. Aber Beckmann hatte kein Ohr für das Anliegen von Patrick und bestand weiterhin darauf seine Türen zu schließen. Dies musste Patrick zwar respektieren, aber dennoch zeigte er mit seinem Verhalten gegenüber seinem Chef, dass er es nicht freiwillig hinnahm.

Beckmann schaute etwas grimmig und war etwas barsch

im Ton:

„Herr Lebóire! Was kann ich für sie tun?"

„Ich möchte ihnen nur kurz Bescheid geben, dass ich an dem morgigen Termin zur Präsentation nur via Telefonkonferenz teilnehmen kann. Ich muss kurzfristig nach Berlin."

Diese Meldung schockierte Beckmann nicht sonderlich. Es war nicht das erste Mal, dass Patrick kurzfristig irgendwohin musste. Dadurch bedingt, dass Patrick dennoch immer alles im Griff hatte, machte er sich auch keine Sorgen bezüglich des Termins mit dem Kunden.

„Berlin? Na dann wünsche ich ihnen viel Spaß! Sind die Mädels informiert?"

Mit Mädels meinte er Patricks Assistentinnen, die jederzeit als Unterstützung für Patrick da waren. Und gerade dies gab Beckmann einen zusätzlichen Sicherheitspuffer, denn er wusste, dass Patricks Mitarbeiterführung zwar nicht ganz orthodox war, aber er verstand es sein Team so zu führen, dass es wie ein Uhrwerk lief.

„Ja, natürlich. Es ist alles vorbereitet."

Beckmann hatte Patrick vor zwei Jahren an Bord geholt und noch immer war er der Ansicht, dass er damit einen absoluten Glücksgriff gemacht hatte. Patrick war genau der Wunschkandidat gewesen, den er sich für die Position gewünscht hatte. Zielstrebig, erfolgsorientiert und innovativ. Patrick stellte zwar direkt zu Beginn seiner Tätigkeit den kompletten Standort auf den Kopf, aber das schnelle, positive Ergebnis bestätigte ihn in seiner Entscheidung mit Patrick. Mehrere Male saßen Patrick und Beckmann bei einem Glas Wein in einer Weinstube. Patrick bekam mehr Informationen privater Art über Herrn Beckmann als irgendwer in der Firma. Beckmann mochte Patrick, da Patrick so etwas wie den Sohn darstellte, den er nie hatte. Aber das Verhältnis zu Patrick war ambivalent. So sehr er auch die Diplomatie Patricks schätzte, so erfuhr er nie mehr über Patrick, als Patrick es zulassen wollte. Patrick hatte hin und wieder angedeutet, dass er früher mal ein anderes Leben geführt hatte, als das von heute, aber konkret wurde er nie. Beckmann hatte an vier Standorten über vierhundert Mitarbeiter. Und auch wenn Patrick ihm am sympathischsten war, so wusste er nur vage, was Patrick außerhalb der Firma trieb. Auch über Frauengeschichten in Bezug auf Patrick war ihm nichts bekannt. Patrick hielt sich immer sehr zurück. Auf Betriebsfeiern war Patrick gerne gesehen und auch gesellig, aber bis zum Ende einer Feier war er nie geblieben.

„Haben Sie eigentlich schon unsere neue Controllerin vom Standort Berlin kennen gelernt? Sie ist zur Einarbeitung ja hier in München eingesetzt und seit heute Morgen im Haus.", fragte Herr Beckmann, als es im gleichen Moment an die Tür klopfte. Nachdem Beckmann „Herein" gesagt hatte, kam eine braunhaarige, junge Frau Anfang dreißig herein. Sie trug ein dunkelgraues Kostüm, schwarze Pumps und trug ihr Haar offen.

„Da ist sie ja!", begrüßte Beckmann die neue Controllerin Nadine Weilers. „Ich habe gerade über sie gesprochen, Frau Weilers."

„Na, ich hoffe doch nur Gutes!", antwortete Nadine Weilers und streckte Patrick die Hand zur Begrüßung entgegen. „Hallo, Nadine Weilers, die neue Kollegin aus Berlin!".

Frau Weilers wusste nicht, wem sie gerade gegenüber stand. Ihr äußeres Erscheinungsbild war sehr attraktiv. Ihr fast schon zu kurzer Rock zeigte ihre braun gebrannten Beine, aber trotz ihrer überdurchschnittlichen Attraktivität machte sie nicht unbedingt den sichersten Eindruck auf Patrick. Nachdem Patrick sich vorgestellt hatte, reagierte Frau Weilers so, wie fast alle seine Mitarbeiterinnen auf ihn reagierten. Mit äußerster Zurückhaltung und Schüchternheit. Patrick erinnerte sich, dass dies mit ein Grund gewesen war, weshalb er von Anfang an Melinda faszinierend gefunden hatte. Sie erlag nicht direkt seinem Charme. Ganz im Gegenteil. Sie schien es nicht mal sonderlich zu interessieren, wer oder was er war. Sie gab sich von Anfang an so, wie sie immer war. Stark und straight. Auch Melinda war früher mal eine von Patricks Mitarbeiterinnen gewesen. Zehn Jahre war das nun her.

Damals war er Teamleiter eines Architekturbüros. Sein Büro befand sich direkt am Eingang des Großraumbüros, wo alle Architekten an gemeinsamen Projekten arbeiteten, so dass er sie jedes Mal direkt sah, wenn sie ins Büro kam. Am ersten Tag ihrer Begegnung stellte er sich allen neuen Mitarbeitern vor und erläuterte ein paar Eckpunkte zum Unternehmen. Während andere Mitarbeiterinnen ihn quasi anhimmelten, schien es so, als würde sie sich für ihn überhaupt nicht interessieren. Ihr Gesichtsausdruck war kühl und unnahbar. Die Gesichtszüge waren hart und markant, aber genau das reizte ihn ebenfalls, weil sie eben nicht dieses typische Barbie-Gesicht hatte, wie die meisten anderen. Er war von Anfang in ihre Beine verliebt, die gelegentlich zum Vorschein kamen, wenn sie einen Rock trug. Und auch hier unterschied sie sich von den typischen Barbie-Püppchen. Während andere Frauen eher pinkfarbene Töne vorzogen und mit billigen Miss Sixty-Klamotten umher stöckelten, hatte Melinda einen ganz eigenen Kleidungsstil. In gedeckten, dunklen Braun- und Grüntönen kombinierte sie geschickt Alltagskleidung mit kleinen Accessoires, die die übrige wiederum aufwerteten. Schnell zeichnete sich ab, dass Melinda ein wenig anders war, als alle übrigen Frauen, die er kannte. Sie hatte so gar nichts tussihaftiges an sich. In kurzen und betont unpersönlichen Gesprächen erzählte sie von ihrer Ausbildung als Goldschmiedemeisterin, die ihr eigenes Geschäft hatte und nun quasi von vorne anfangen musste, weshalb sie ein Architekturstudium begann. Aber oder vielleicht gerade wegen ihres beruflichen Scheiterns, machte sie auf Patrick einen umso stärkeren Eindruck. Sie hob sich ab von der Masse, von den anderen Mitarbeiterinnen. Sie hatte ihre Lektion im Leben schon gelernt und wusste damit umzugehen. Melinda war damals eigentlich überhaupt nicht Patricks Beuteschema, aber dennoch war er fasziniert von dieser Frau, die scheinbar ihren eigenen Kopf hatte und alles selbstständig meisterte, ohne auf andere Hilfe angewiesen zu sein.

Eines Tages suchte Patrick einen Mitarbeiter, der ein White-Board aufhängen sollte. Normalerweise ein Job für die unzähligen Assistenten im Büro. Im Aufenthaltsraum saßen mehrere Mitarbeiter, darunter auch Melinda. Auf die Frage hin, welcher männliche Kollege mal kurz Zeit hätte ein paar Löcher zu bohren, um das White-Board aufzuhängen, meldete sich Melinda.

„Das können sie nicht so einfach aufhängen. Das ist eine Rigips-Wand und da müssen Hohldübel rein!", kommentierte Melinda trocken die Anfrage von Patrick, der bei ihrer Antwort nicht schlecht staunte.

„Sie kennen sich damit aus?", fragte Patrick etwas ungläubig. Natürlich wusste sie es, denn sie war ja nun mal Architektin.

„Oh, ein Wunder, eine Frau, die sich mit Hohldübeln auskennt. Entspreche ich jetzt nicht mehr ihrem Klischee?", fragte Melinda. Patrick war überrascht über die Schlagfertigkeit dieser Frau und zugleich fasziniert.

Noch nie hatte eine Frau ihm dermaßen Paroli geboten.

„Anscheinend nicht, aber ich lasse mich gerne überraschen. Können sie das übernehmen?"

„Klar", antwortete Melinda. „Ich müsste nur kurz in den Baumarkt, da ich nicht davon ausgehe, dass wir hier im Haus das entsprechende Werkzeug dafür haben."

„Kein Problem. Holen sie, was sie holen müssen und geben sie mir anschließend die Rechnung.", erwiderte Patrick. Es vergingen keine 20 Minuten und das White-Board hing akkurat und professionell an der Wand. Patrick war begeistert von Melinda.

Melinda war knappe 9 Monate im Unternehmen gewesen. Jeglicher Versuch mit ihr auszugehen scheiterte, was Patrick auf der einen Seite etwas beunruhigte, aber auf der anderen Seite noch mehr aufstachelte. Patrick verstand es jede Frau um den Finger zu wickeln. Die vielen Affären, die ihm früher nachgesagt wurden, stimmten auch alle. Aber bei Melinda war er gescheitert. Als sie nach neun Monaten ging, dachte Patrick, dass er sie nie wieder sehen würde. Ebenso war er der festen Überzeugung, dass sie nicht mal ansatzweise Notiz von ihm genommen hatte. In beiden Punkten sollte er sich gewaltig irren.

Eine Frau wie Nadine Weilers wäre haargenau in Patricks Beuteschema gefallen. Allerdings nicht mehr heute. Heute war Patrick nicht mehr auf der Suche nach dem schnellen Abenteuer. Er wusste genau, was er wollte und was er nicht wollte. Und auf gar keinen Fall wollte er Kompromisse eingehen. Kompromisse bedeuteten für Patrick auf irgendetwas in der Beziehung verzichten zu müssen. Bei jeder seiner bisherigen Partnerinnen war das so gewesen. War es bei der einen Frau der Sex, der nicht alle Wünsche befriedigen konnte so waren es bei einer anderen Frau andere Dinge, bei denen er zurückstecken musste. Sei es ein unterschiedlicher Musikgeschmack, unterschiedliche Freizeitgestaltung oder unterschiedliche Ansichten über dieses oder jenes. Melinda vereinte alle Frauen, die er jemals kannte, in einer Person. Sie war sein bester Freund, seine Geliebte, seine Frau, seine Seilschaft, seine Verbündete, einfach alles. Das es einmal soweit kommen- würde, mit einer Frau, die ihn zunächst dermaßen hatte abblitzen lassen, wurde ihm erst Jahre später bewusst, als sie sich nach vielen Jahren wieder trafen.

„Nun gut, Frau Weilers, viel Spaß noch hier in München. Wir werden uns ja sicher noch öfter am Telefon hören!", versprach Patrick mit einem Grinsen auf dem Gesicht. „Ich werde nämlich derjenige sein, der täglich wegen irgendwelcher Zahlen nervt!".

Patrick verabschiedete sich und lief zu seinem Schreibtisch. Er packte seinen Laptop in seine Aktentasche und schaltete sein Telefon auf Voicebox um. Die Leuchtdiode auf dem Display zeigte ihm an, dass sich noch mindestens eine Nachricht auf dem Anrufbeantworter fand, aber er musste spätestens jetzt losfahren, wenn er nicht unpünktlich sein wollte. Alle Punkte auf seiner To-Do-Liste hatte er für den heutigen Tag abgearbeitet. Die Einkaufstüte, die zuvor von Christiane zusammengestellt worden war, lag ebenfalls auf dem Schreibtisch. Er drückte auf den Knopf der Sprechanlage, die direkt mit Christiane verbunden war.

„Danke, Christiane! Ich bin jetzt weg!" rief er durch. Es knackte kurz und Christiane antwortete.

„Nichts zu danken! Viel Spaß im Nachtdienst!".

Patrick legte Aktentasche und Einkaufstüte auf den Rücksitz seines Wagens und stieg ein. Auf dem Display seiner Anlage wählte er eine CD aus. Er entschied sich für Genesis. Aus den Lautsprechern des Wagens ertönte der Anfang von „Dreaming while you sleep". Melindas Lieblingslied von Genesis. Pausenlos hörte sie es früher, wenn sie zusammen in ihrem Golf fuhren. Er erinnerte sich, wie sie unaufhörlich versuchte das Drum-Fill-in nachzutrommeln. Und immer an der gleichen Stelle machte sie den gleichen Fehler, da genau dort aus der rhythmischen Drumfolge ein weiteres Fill-in gespielt wurde. Aber immer wieder versuchte sie es. Unaufhörlich probierte sie es und ließ nicht locker. Überhaupt ließ sie niemals locker. Wenn sie sich was in den Kopf setzte dann zog sie es auch durch. „Ein Nein habe ich schon, ein Ja kann es noch werden!" hatte sie immer gesagt. Einer ihrer vielen kleinen Lebensweisheiten, die sie von sich gab, ohne zu wissen, wie recht sie immer hatte. Sie war ein Steh auf-Männchen. Viele Krisen hatte sie schon überwunden und sich nicht klein bekommen lassen. Und obwohl sie schon so viele unglückliche Momente im Leben erlebt hatte, war für sie das Glas stets halb voll, statt halb leer. Wenn sie sich sonntags voneinander verabschiedeten und Patrick noch endlose fünf Tage vor sich hatte, so entgegnete sie immer nur: „Nein, nur noch fünf Tage, dann sehen wir uns schon wieder!". Sie unterschied sich so sehr von anderen Frauen.

Der Audi bretterte über die linke Spur. Sechzig Kilometer lagen noch vor ihm, bis er zu Hause ankommen würde. Sam hatte sicherlich auch schon wieder Hunger. Um pünktlich zu sein, musste er in weniger als fünfunddreißig Minuten zu Hause sein.

Sam lief ihm erwartungsgemäß entgegen, als er die Tür zu seiner Wohnung aufschloss. Die im Boden eingelassenen Halogenleuchter dimmten sich auf die ans Tageslicht angepasste Helligkeit. Alle elektrischen Dinge in seiner Wohnung waren mit High-Tech ausgerüstet. Alle Leuchtmittel schalteten sich bei Patricks Anwesenheit automatisch ein, was durch ein Computersystem gesteuert wurde. Im Flur hingen mehrere Bilderrahmen, die so exakt ausgerichtet waren, dass sie auch locker in einer Galerie hätten hängen können. Die Bilder zeigten verschiedenste Motive von Klettertouren, die Patrick immer wieder unternahm. Auf das Sideboard legte Patrick seine Post und seinen Schlüssel. Der Flur führte über eine Treppe an der Küche vorbei ins Wohnzimmer. Durch die geöffnete Schiebetür zum Schlafzimmer lief Patrick zu seinem begehbaren Kleiderschrank, um die Rettungsdienstjacke, die er letzte Woche aus der Reinigung geholt hatte, vom Kleiderbügel zu nehmen. Maunzend folgte ihm Sam durch jedes Zimmer und wartete darauf von ihm in den Arm genommen zu werden. Aber leider blieb ihm dafür zu wenig Zeit. Die Wohnung war durch und durch von Designermöbeln durchzogen. Fast sein komplettes Jahresgehalt hatte er dafür ausgegeben. Früher hätte er mit dieser Wohnung noch Eindruck schinden wollen. Heute, ein Jahr nach seinem Einzug, war noch kein Mensch in dieser Wohnung gewesen. Er hatte sie für sich eingerichtet. Er genoss es mit Sam alleine in der Wohnung zu sein. Er genoss das Farbspiel, das Design der einzelnen Möbel, die er sich in mühevollster Kleinarbeit zusammengestellt hatte, so dass jedes Möbel zum anderen passte und entsprechend harmonierte. Alleine für seine Couch war er sechs Monate lang auf der Suche gewesen, bis er das entsprechende Farbmuster fand, das zum Tisch, zum Sideboard und zum Flokatiteppich passte.

Zu lange war er in einer stickigen Zelle untergebracht, in der er neun Monate lang 24 Stunden lang am Tag saß. Neun Monate ohne Besuch, ohne Telefon, ohne Briefe und ohne Fernseher. Lediglich Bücher, die ihm einmal wöchentlich von Mitgefangenen gebracht wurden. Nicht nur einmal fühlte er sich alleine und verlassen, obwohl er wusste, dass er alleine an der Situation schuld war. Immer wieder hörte er in Gedanken das Lied von Schiller, welches er zuvor tausende Male mit Melinda gehört hatte, als sie ihm versprach, dass er niemals wieder mehr allein sein würde.

Kann denn die Möglichkeit,
die Sonne nicht mehr aufgehen zu sehen,
einem die Lust am Leben nehmen?

Ich teile mit jedem heute Nacht
den Ballast und die Schwere unserer Not,
in der Angst vor dem Leben und dem Tod.

In diesem lebenslangen Kampf,
der krank macht und Kraft raubt,
häng' ich an allem,
was schwach macht und aussaugt.

Wehr mich dagegen,
anzunehmen was weh tat,
und niemals zuzugeben,
dass ich jemals falsch lag.

Doch wenn es wahr ist,
dass man erst durch Fehler vollkommen wird,
und dass, wer aus Angst am Leben hängt,
sich vollkommen irrt,
dann ist der Schmerz los zu lassen,
wohl nichts gegen den Schmerz,
wenn einem alles genommen wird.

Du bist nicht allein,
ich bin immer hier,
um da zu sein!

Du bist nicht allein,
ich bin immer hier,
um da zu sein,
es liegt nur an Dir!

Alle zwei Tage ging es raus zum Duschraum, wo er alleine duschte, seitdem er von drei Mithäftlingen zusammengeschlagen worden war. Unter normalen Umständen hätte er sich vielleicht gegen die drei Mithäftlinge wehren können.

Aber nicht damals. Zu dieser Zeit war er lethargisch, stand unter einer Art Ohnmacht und war nicht in der Lage irgendeinen klaren Gedanken zu fassen. Er ließ den Vorfall in der Dusche einfach über sich ergehen. Er war das Opfer und nicht in der Lage sich zu wehren. Sein ohnehin geschwächtes Selbstwertgefühl wurde durch diesen Vorfall auf den Nullpunkt gebracht. Fortan verschanzte er sich in seiner Zelle und nahm weder an den täglichen Hofstunden teil, noch an sonstigen Aktivitäten außerhalb der Zelle. Tag für Tag verbrachte er in diesen acht Quadratmetern, die ihm als einziger Ort einen Rückzugspunkt bescherten. In diese karg mit einer Pritsche, einem Tisch und einem Stuhl ausgestattete Zelle konnte keiner eindringen und ihm schaden. Hier war er alleine mit sich und seinen Gedanken. Der Ausblick aus seinem vergitterten Fenster bot ihm eine sieben Meter hohe, graue Mauer, die am obersten Punkt mit drei Rollen Stacheldraht bestückt war. Keine Bäume, nur die Spitzen von weit entfernten Hochhäusern waren zu sehen. Neun lange Monate, die er dazu benutzte seine Gedanken zu ordnen, sich wieder in Fassung zu bringen. Aber auch um zu weinen, zu resignieren und in Selbstverzweiflung aufzugehen. Dem Leben nachzutrauern, welches er einmal gehabt hatte. Einem Leben, was durch Erfolg im Job, viele Frauen und eine Menge Lügen gekennzeichnet gewesen war. Auf einen Schlag hatte er alles verloren. Sein komplettes Lügengerüst war zusammengefallen. Die komplette Geschichte, die er sich in den vorausgegangenen 10 Jahren zusammengestrickt hatte wurde auf einmal nur noch ein hässlicher Schatten. Alles was er damals falsch gemacht hatte schien ihm mit der vollen Breitseite zurück zuschlagen. Nun war er alleine. Zu viele Menschen hatte er betrogen und belogen. Er hatte sie manipuliert und instrumentalisiert. Seine einzige Lebensleistung bestand darin Menschen zu täuschen. Immer auf der Suche nach dem vermeintlichen Kick und dem Erfolg. Noch mehr Geld, noch mehr Statussymbole, noch mehr Frauen.

Aber es gab auch die andere Seite an ihm. Die andere Seite, die von Menschlichkeit und Treue geprägt war. Aber immer wieder verfiel er in die Schiene des Betruges. Ein Loch, das geflickt war, riss wieder ein Anderes auf. Neun Monate lang reflektierte er alle seine Taten, die ihm dadurch nur noch verabscheuenswerter erschienen. Er konnte nicht fassen, dass er sich dazu hatte hinreißen lassen und dabei Menschen enttäuscht hatte, die er doch eigentlich liebte. Nach neun Monaten ging er das erste Mal wieder in den Hof hinaus. Er hatte sich wieder gefangen und er hatte klare Ziele. Klare Ziele hinsichtlich seines zukünftigen Lebens, dass er nie mehr mit Lügen bestreiten wollte. Klare Ziele, dass er nie wieder ein Opfer sein würde.

Weder ein Opfer seiner Habgier, noch ein Opfer anderer Häftlinge. Patrick hatte in diesen neun Monaten sein komplettes Leben auf den Kopf gestellt und alles in Frage gestellt, was er bis dato gemacht hatte. Er kam zu neuen Kräften und war entschlossener denn je. Und wie jedes Mal, wenn ein „Neuer" in den Hof kam, wurde er taxiert. Taxiert von den Russen, die das Zepter im Knast in der Hand hielten und alles und jeden erpressten, der sich als Opfer eignen würde. Es dauerte keine zehn Minuten und Patrick wurde von einem Mitgefangenen angesprochen, um auszuloten, was bei Patrick zu holen sei. Patrick antwortete nicht, sondern blickte ihm nur in die Augen. Der Blick lies dem Mitgefangenen keinen weiteren Entschluss zu, als Patrick in Ruhe zu lassen. Ein Blick, der mehr sagte, als tausend Worte es hätten tun können. Die letzten Monate seiner Haftzeit wurde Patrick keine einziges Mal mehr von irgendjemandem angesprochen.

Mit der Rettungsdienstjacke unterm Arm und seiner Armbanduhr, die er für den Nachtdienst wechselte, ging Patrick aus der Wohnung, nachdem er Sam mit einer neuen Ration Futter versorgt hatte. Die fünf Etagen bis zur Garage runter lief Patrick, statt den Aufzug zu benutzen. Das Garagentor stand noch offen, so dass Patrick direkt aus der Garage stechen konnte und wieder mal mitten in den Berufsverkehr eintauchte. Auf halber Strecke kam ihm der Rettungswagen entgegen, den er gleich besetzen würde. Mit Blaulicht und Sondersignal räumte er sich in Richtung Innenstadt den Weg frei. Die Besatzung des Tagdienstes nahm Patrick wahr und grüßte ihn im Vorbeifahren. Somit wusste Patrick, dass er ein wenig Zeit gewonnen hatte.

Auf der Wache kamen ihm Jens und Dieter, die Besatzung des zweiten Rettungswagens der Nacht, entgegen, die gerade dabei waren ihre Stechkarten zu stechen.

„Grüß Dich, Doc!", begrüßte ihn Dieter, der wie immer bestens gelaunt war. „Servus!" schallte es hinter Dieter hervor. Es war Jens gewesen, den man hinter Dieters stämmigen Körper kaum vermutet hätte, wenn er nicht gegrüßt hätte.

„Moin, Jungs! Na? Bereit die Stadt heute Nacht alleine zu retten? Genug Energie getankt für die Nacht der Nächte?", antwortete Patrick mit einem Lächeln im Gesicht.

„Ich habe es schon gehört!", antwortete Dieter. „Ihr armen Schweine müsst einen Schüttler nach Berlin machen."

Schüttler war eine gängige Bezeichnung für einen Krankentransport, der in der Regel nur darin bestand, eine Person von A nach B zu bringen, ohne dass es einen wirklichen Notfall darstellte. Eine unbeliebte Aufgabe im Rettungsdienst. Quasi eine Art Taxi für Personen, die liegen mussten.

„Oh ja, und ich freue mich tierisch!", antwortete Patrick mit einer leichten Ironie in der Stimme. „Ich habe gerade unser Auto Richtung Innenstadt fahren sehen. Wo ist euer Auto?"

„Dauert noch!", kommentierte Jens. „A8, drei Verletzte." Jens war kein Mann der großen Worte.

„Ist denn meine Kollegin schon gesichtet worden?", fragte Patrick. Sowohl Dieter, als auch Jens schüttelten den Kopf. Patrick schaute auf die Uhr. Es war mittlerweile drei Minuten nach 17 Uhr und der Dienst hatte soeben begonnen. Typisch Jennifer, dachte Patrick. Jennifer war damals schon immer unpünktlich und er hasste es. Auch einer dieser Kompromisse, die er mit Jennifer eingehen musste. Nicht so bei Melinda. Sie war immer pünktlich. Einer der vielen Punkte, die Patrick an Melinda schätzte. Jedes Mal, wenn er mit dem Zug nach Düsseldorf kam, war sie stets pünktlich und wartete schon auf ihn mit einem Lächeln auf dem Gesicht.

„Geht es dir gut?" hatte er sie immer als Erstes gefragt und sie antwortete immer mit einem „Jetzt ja!".

Es war eine Art Ritual, wenn sie sich am Bahnsteig umarmten und er diese Frage stellte. Nicht so bei Jennifer. Ihr erster Satz bestand meistens aus einer Entschuldigung, warum sie schon wieder zu spät kam. Aber letzten Endes war es doch immer der gleiche Grund. Sie fuhr zu spät los und trödelte.

Patrick lief runter zu den Umkleideräumen und zog sich um. Manche Dinge ändern sich einfach nie, dachte er. Der 2er-Rettungswagen, den Jennifer und Patrick besetzen sollten, fuhr gerade in die Wagenhalle, als Jennifer durch die Tür kam.

„Entschuldigung, musste noch die Nudeln kaufen!", platzte sie mit der Entschuldigung gleich heraus.

„Kein Problem!" entgegnete Patrick. „Hast es ja gerade noch geschafft. Manche Dinge ändern sich einfach nie!" fügte er mit einem Grinsen hinzu.

Esther und Robert von der Tagschicht stiegen aus dem Fahrzeug.

„Hallo, ihr beiden!" freute sich Esther. „Dann können wir ja direkt mit der Übergabe beginnen!" fuhr sie mit einem Stapel Transportberichte in der Hand fort.

„Wow!", sagte Patrick und deutete auf die Transportberichte. „Alle von heute?"

„Jep! 13 Einsätze. Seit 8 Uhr heute Morgen draußen und noch kein einziges Mal im Stall!" antwortete Robert, der schweißgebadet war und Patrick die Fahrzeugschlüssel gab.

„Fangen wir direkt an!" stieß Esther hervor. „Sauerstoff komplett leer, Akkus vom EKG komplett leer, außerdem fehlen im Medikamentenschrank eine Ampulle Epi, einmal Ringer und zwei Gluco 40 %. Was an Verbandmaterial fehlt müsst ihr selbst schauen. Aber ich bin mir sicher, dass der Herr Doktor Lebóire sowieso das komplette Auto auf den Kopf stellt!", sagte sie mit ein wenig Sarkasmus in der Stimme, aber dennoch nicht böse gemeint.

„So ist es, Schwester Neyram!" frotzelte er mit einem Lächeln zurück. Jennifer und Patrick machten sich gar nicht erst die Mühe alles mitzuschreiben. Sie wussten, dass sie sowieso alles checken würden, wie sie es schon immer machten. Sowohl Jennifer, als auch Patrick waren bekannt dafür beim Fahrzeugcheck gründlicher als jede andere Besatzung zu sein. Ihre Erfahrung hatte gezeigt, dass meist mehr fehlte, als die vorherige Besatzung sich zu erinnern wusste.

„Aber der Tank ist voll!" stieß Robert schon fast entschuldigend und zugleich stolz hervor. „Wir waren gerade noch tanken."

„Ist schon ok!" antwortete Jennifer. „Bei dreizehn Fahrten wäre mein Auto auch leer!".

Jennifer nahm die Piepser der beiden entgegen und lief Richtung Telefon. „Ich rufe schon mal die Leitstelle an und gebe durch, dass wir erst noch das Fahrzeug auffüllen!"

Patrick nickte und verabschiedete die Tagdienstbesatzung.

„Einen schönen Feierabend wünsche ich euch!"

Jennifer kam wenig später vom Telefon zurück. „Die sind ein wenig nervös, weil in der Stadt die Hölle los ist und nur noch ein Fahrzeug vom ASB frei ist." Patrick ließ sich nicht aus der Ruhe bringen.

„Du kennst meine Meinung dazu!" antwortete er.

„Ich weiß, wer beschissen koordiniert ist selbst schuld!" murmelte Jennifer.

„Genau!" Patrick grinste. „Checken wir wie immer oder hast du mittlerweile ein anderes System?"

„Don't touch a running System, oder?", antwortete Jennifer.

Tatsächlich hatten sie beide vor Jahren mal ein Check-System entwickelt, dass schneller und effektiver war, als das vorherige System. Auch innerhalb der neuen Rettungswache wurde dieses System übernommen, dass ähnlich einem Check im Cockpit eines Flugzeugs war. Für dieses System hatten sie damals viel Zeit aufgewendet und wurden mit einem Artikel in einer Fachzeitschrift bedacht, da Patrick damals noch Pressesprecher war und entsprechende Kontakte zu hiesigen Fachzeitschriften hatte. Innerhalb von zehn Minuten waren sie fertig und konnten dementsprechend die fehlenden Materialien auffüllen, während die andere Fahrzeugbesatzung noch weitere zwanzig Minuten mit dem Fahrzeug-Check beschäftigt sein würden.

Patrick war überrascht, dass Jennifer noch immer so genau beim Check war wie früher, als sie noch regelmäßig zusammen fuhren. Gleichwohl machte sie einen selbstsichereren Eindruck. Sie hatten noch kein einzig privates Wort gewechselt.

„Wie geht es dir?", fragte Patrick und Jennifer war ein wenig überrascht über den plötzlichen Wechsel vom dienstlichen ins Private.

„Gut, danke der Nachfrage." antwortete sie kurz und knapp.

„Ich habe gehört das du mittlerweile deinen Magister hast und eine Stelle hier in München angetreten hast?!" Damals, als die Beziehung beendet gewesen war hatte Patrick Angst gehabt, dass Jennifer wegen ihm ihr Studium hinschmeißen würde.

„Ich habe letztes Jahr meinen Abschluss gemacht. Hat ein wenig länger gedauert, als ursprünglich geplant!"

Patrick hatte die Spitze verstanden. Jennifer fuhr fort.

„Bin aber mittlerweile ganz froh darüber. Das Studentenleben war doch ein wenig einfacher, als das Arbeitsleben."

„Was ist das für eine Stelle, die du da hast?"

„Pädagogische Leiterin einer Gesamtschule. Zu mir kommen die Problemfälle, wenn die Lehrer nicht weiterkommen.

„Gesamtschule? Wie alt sind die Kinder da?", fragte Patrick interessiert.

„Zwischen 6 und 16 Jahren. Von der Grundschule bis zur Realschule ist alles vertreten."

Patrick versuchte sich vorzustellen, wie Jennifer neben 16-jährigen Schülern aussehen würde. Jennifer maß gerade mal 1,55m und ihr Gesicht hatte noch immer etwas Kindliches. Es war nicht das Gesicht einer erwachsenen Frau, obwohl sie mittlerweile achtundzwanzig war. Sie war immer noch sehr hübsch und ihr gesamtes Erscheinungsbild hatte etwas Unschuldiges an sich.

„Eigentlich ein spannender Job, wenn nur nicht das frühe Aufstehen wäre!"

Jennifer konnte ewig schlafen. Sie schaffte es teilweise bis zu fünfzehn Stunden am Stück zu schlafen.

„Und warum München?!", fragte Patrick.

„Ich hatte die Schnauze voll von Mainz und außerdem arbeitet mein Freund hier." Damit hatte sie Patrick mehr Informationen gegeben als sie eigentlich wollte.

„Was macht er hier in München?"

„Er arbeitet als Ingenieur bei BMW"

Patrick war überrascht. Die Ex-Freunde vor seiner Zeit waren meistens Idioten, die keinerlei Zukunftsperspektive hatten und im Rettungsdienst versauerten.

„Aha, deswegen auch der M3 auf dem Hof!" kommentierte Patrick, der durch das Fenster der Wagenhalle den silbernen Wagen auf dem Parkplatz sah.

„Jep!". Jennifer grinste. Sie liebte schnelle Autos und sie liebte es schnell zu fahren. Sie war eine der wenigen Frauen, die Patrick kannte, die wirklich gut fahren konnten. Eine der wenigen Gemeinsamkeiten die Jennifer mit Melinda hatte.

„Setzt Du schon mal das Nudelwasser auf und ich gebe der Leitstelle Bescheid?", fragte Patrick. Jennifer nickte und lief in die Küche, während Patrick mit der Leitstelle telefonierte.

Dieter kam gerade in die Küche gelaufen, während Jennifer und Patrick eifrig am kochen waren. Wortlos reichten sie sich Messer, Zwiebeln und sonstige Küchenutensilien rüber.

„Man könnte meinen, dass ihr beiden verheiratet seid! Bei meiner Frau und mir sieht das in der Küche auch immer so aus!" kommentierte Dieter die Szene.

„Wenn schon, dann geschieden!" antwortete Jennifer. Dieter verstand den Zusammenhang nicht, beließ es aber dabei.

„Was kocht ihr denn Leckeres?" fragte er neugierig.

„Nudelauflauf!" antworteten Jennifer und Patrick unisono. Dieter grinste.

„Ich habe genug Nudeln für alle gekauft" komplettierte Jennifer den Satz. Dieter rieb sich den Bauch und fuhr mit seiner Zunge die Oberlippe entlang.

„Riecht schon mal gut!" sagte er und verließ wieder die Küche.

Zehn Minuten schon standen sie jetzt in der Küche und wechselten kein Wort. Jeder kannte seinen Handgriff, wie sie es früher gemacht hatten, wenn sie gemeinsam kochten. Patrick hatte Jennifer das Kochen beigebracht und ihr gezeigt, wie man Zwiebeln wie ein Fernsehkoch schneidet. Und in der Tat beherrschte Jennifer das Zwiebel schneiden besser als je zuvor. Jennifer unterbrach die Stille.

„Und was ist mit Dir?", fragte sie und Patrick wusste sofort was sie meinte. „Warum bist Du in München?"

„Du kennst den Grund!" antwortete Patrick mit einem ernsten Gesicht.

„Ach so. Ich dachte es sei wegen einer Frau" entgegnete Jennifer. Sie hatte vor ein paar Jahren gehört, dass er sich verlobt hatte.

„Nein, elne Frau war nicht der Grund. Nicht ausschließlich zumindest!".

„Aha. Wie ich sehe, bist Du immer noch verlobt." antwortete sie und deutete auf seinen Ring an der linken Hand.

„Nicht mehr." antwortete Patrick kurz und knapp. Ihm war das Thema in ihrer Gegenwart unangenehm.

„Hast Du es wieder versaut?" fragte Jennifer ein wenig ketzerisch.

„Nicht so, wie du denkst!"

„Wie denke ich denn?", fragte sie und verharrte auf die Antwort wartend. Und damit waren sie mitten im Thema.

„Ich habe sie nicht betrogen, falls du das denkst!", antwortete Patrick, als Jens gerade die Tür hereinkam.

„Ich habe gehört, dass ihr für alle kocht?!" fragte er, als ob er es nicht schon wusste.

„Jep. Essen ist in zehn Minuten fertig. Du kannst schon mal mit Dieter den Tisch decken!", sagte Jennifer, da sie ihn aus der Küche haben wollte, jetzt, wo sie mitten im Thema waren.

„Alles klar!" sagte Jens, drehte sich rum und ging raus. Jennifer schaute Patrick fragend an.

„Und? Wie hast du es denn nun versaut?" fragte sie direkt und ohne Umschweife.

„Ist eine längere Geschichte!" antwortete Patrick um das Thema von sich zu schieben.

„Wir haben die ganze Nacht Zeit!" meinte Jennifer. „Ich habe dich nie gefragt, warum du mich damals betrogen hast. Das weißt du. Aber ich denke, dass es langsam mal Zeit ist, dass ich Antworten bekomme. Meinst Du nicht?"

Vier Jahre hatte sie auf diesen Moment gewartet. Anfangs wollte sie es gar nicht wissen, aber je mehr Zeit verging, umso mehr wurmte sie die Frage.

„Was willst du von mir wissen?", fragte Patrick mit etwas Zorn in der Stimme.

„Die Wahrheit!" antwortete sie mit einem Funkeln in den Augen.

Die Wahrheit. Die hatte Melinda auch von ihm hören wollen, als er ins Gefängnis kam. Er hatte ihr die Wahrheit geschrieben und danach nie wieder was von Melinda gehört.

„Du weißt warum!" sagte Patrick und erhob die Stimme. Auch Jennifer wurde jetzt ein wenig lauter.

„Hör zu, Patrick! Ich habe wegen dir die Hölle durchgemacht. Du bist mir ein paar Antworten schuldig!", drängte sie. Ihr Gesicht war jetzt nicht mehr so niedlich. Sie hatte sich zu einer starken Frau entwickelt, die jetzt ihr Recht einforderte.

„Was willst du denn wissen? Warum ich mich zwischen dir und Jill nicht entscheiden konnte? Ich wusste es damals nicht und ich weiß es heute auch nicht!"

Er wusste es mittlerweile, aber er wollte ihr mit der Antwort nicht wehtun. Zu oft hatte er ihr schon wehgetan. Jennifer senkte ein wenig die Stimme.

„Nein, Patrick, ich will wissen, warum du mir nicht ehrlich gesagt hast, was du für Jill noch empfindest. So oft hatte ich dich gefragt, ob mit ihr noch was läuft. Mit dem Betrug alleine hätte ich schon irgendwie umgehen können. Das war nicht das Problem. Zumindest nicht im Nachhinein!"

Ihre Stimme wurde jetzt wieder zorniger und lauter. „Deine Scheiß Lügerei war das Problem. Das Doppelleben, das du geführt hast. Das ich mit einem Mann zusammen war, dem ich vertraute und anschließend überhaupt nicht mehr kannte!", fuhr sie fort.

Alle Wut, die sich in den letzten vier Jahren gesammelt hatte, entlud sich in ihren Aussagen. Bevor er antworten konnte fuhr sie fort.

„Ja, das mit Jill hat wehgetan, aber meine Güte das passiert nun mal. Was mich zur Verzweiflung gebracht hat waren die Lügen rund um dein Leben. Die Lügen um unser Leben. Wir hatten uns so viel aufgebaut und hatten Pläne. Kannst du dir vorstellen, wie ich mich gefühlt habe, als ich nach und nach diese Fassade habe bröckeln sehen und nicht mehr wusste, was in den drei Jahren unserer Beziehung eigentlich wahr oder falsch gewesen war?"

Ja, er konnte sich das nur zu gut vorstellen. Bei Melinda hatte er den gleichen Gedanken. Nur war sie es, die auf einmal weg war und nie wieder kam.

„Sag mir eins, Patrick. Ist das Leben, was du jetzt führst immer noch eine Illusion? Und bitte sei ehrlich! Denn mir brauchst du nichts zu beweisen! Hast du noch nie gebraucht!"

Auch das wusste er. Jetzt. Damals nicht. Ja, er hatte sein Leben in den Griff bekommen. Er hatte die Fassade abgelegt und beim Fundament neu begonnen. Heute war er tatsächlich der Mensch, der er damals vorgab zu sein.

„Nein, es ist keine Illusion." antwortete Patrick, der sich

darüber ärgerte, dass er nach all den Jahren nochmal Rechenschaft ablegen musste. „Menschen ändern sich!" fuhr er fort.

Sie wusste, dass die Antwort stimmte. Denn sie hatte noch immer Kontakt zu seiner Mutter, was er nicht wusste und war somit meist auf den neuesten Stand der Dinge gebracht worden. Allerdings wusste sie nichts von oder über Melinda, da Patricks Mutter darüber nicht sprach und Jennifer es eigentlich auch nicht wissen wollte.

„Also?", fragte sie und sah ihn erwartungsvoll an.

„Also was?!", fragte Patrick kleinlaut.

„Was war nun der Grund?"

„Das ist nicht mit einer Antwort alleine beantwortet. Wenn es so einfach gewesen wäre, dann hätte ich den Fehler damals nicht gemacht."

„Ich bezog die Frage nicht auf uns!", antwortete Jennifer. „Die Frage bezog sich auf deine nächste gescheiterte Beziehung. Was war der Grund für die Trennung?", sagte sie und ließ nicht locker.

„Ich weiß es nicht. Sie war plötzlich nicht mehr da und ich hörte nichts mehr von ihr.", sagte Patrick leise und fühlte sich wie ein kleines Kind, dass gerade beim Naschen erwischt worden war.

„Na wenigstens hast du sie nicht betrogen. Weißt Du, Patrick, ich habe nie verstanden, warum du dieses ganze Ding abgezogen hast. Aber falls es um deine beschissenen Statussymbole ging oder darum sie mit irgendeiner Prestige-Scheiße zu beeindrucken, dann will ich dir mal was erzählen!".

Patrick wusste, was jetzt folgen würde. Monatelang hatte er sich dazu Gedanken gemacht und war zu dem gleichen Ergebnis gekommen, das Jennifer jetzt vortragen würde.

„Ich hatte dich um Deinetwillen geliebt, nicht wegen deines Autos oder anderer materieller Dinge. Und ich gehe davon aus, dass... Wie heißt sie eigentlich?", unterbrach sie.

„Melinda.", antwortete Patrick.

„Ich gehe davon aus, dass dich Melinda ebenfalls um Deinetwillen geliebt hat." Wie Recht sie hatte. Nur hatte er es zu spät erkannt. Sie fuhr fort. „Du hattest so viele Eigenschaften, die ich geliebt habe, die alle an dir geliebt haben. Aber du hast es richtig versaut!"

Jennifer nahm die geschnittenen Zwiebeln und warf sie in die Soße, die Patrick mittlerweile aus einer Mehlschwitze gezaubert hatte. Jennifers Stimme hatte sich wieder beruhigt. Währenddessen kam Dieter wieder in die Küche gestapft.

„Riecht wie fertig!", sagte er.

„Ist fertig!" entschied Jennifer und nahm den Topf vom Herd. Das Thema allerdings war noch lange nicht fertig, dachte Patrick.

Aus dem Deckenlautsprecher des Aufenthaltsraumes war der Funk zu hören. Zu viert saßen sie am Tisch und aßen den von Jennifer und Patrick zubereiteten Nudelauflauf, der mit Joghurt und Sahne angereichert war. Die Besatzung des anderen Fahrzeugs des Tages war auch noch anwesend und kam gerade in den Aufenthaltsraum, als die Leitstelle sich über Funk meldete.

„1/83-1 von Leitfunkstelle München!"

Dieter sprang von seinem Stuhl auf und wandte sich zum Funktisch.

„Hier ist der 1/83-1!", antwortete er.

„Sind sie Tag oder Nachtbesatzung?", fragte die Leitstelle.

„Nachtbesatzung! Der Tagdienst ist soeben in den Stall gekommen."

Tobi Herfordt, mit dem Patrick ein wenig befreundet war, war von der Tagdienstbesatzung und begrüßte den Nachtdienst.

„Schönen Guten Abend! Da draußen ist die Hölle los und ihr seid hier am futtern oder was?!", spottete er ein wenig.

„Schnauze!", antwortete Patrick und lachte dabei, während sie sich mit einem Handschlag begrüßten.

Tobi entdeckte Jennifer, auf die er schon lange ein Auge

geworfen hatte.

„Hallo! Na wenn das nicht die schärfste Rettungssaniteuse ist, die München je gesehen hat!", feixte er.

„Tobi, schalt dein Hirn an und atme mal tief durch!", blaffte Jennifer ihn an. Jennifer konnte Tobi nicht ausstehen, seit er ihr bei der letzten Weihnachtsfeier im betrunkenen Zustand zu nahe gekommen war.

„Hoppla, Schwester, heute mit dem falschen Fuß aufgestanden?" entgegnete Tobi. Jennifer reizte ihn gerade wegen ihrer unverblümten Direktheit. Währenddessen öffnete sich die Tür zum Aufenthaltsraum. Die Zentralistin kam rein.

„Grüß Gott! Wer von euch fährt nach Berlin?", fragte sie.

Patrick, der noch beim Essen war, streckte seine Hand in die Luft.

„Ah, Patrick. Ok, hier habt ihr einen Umschlag. Darin befinden sich 500 Euro zum Tanken und fürs Hotel. Frank lässt euch ausrichten, dass ihr für alles eine Quittung mitbringen sollt!"

„Hotel?", protestierte Patrick, der noch nicht ganz seine Pasta runter geschluckt hatte. „Was für ein Hotel? Wir fahren durch!"

„Davon bin ich auch ausgegangen!", ergänzte Jennifer.

„Das könnt ihr beiden halten wie ein Dachdecker. Frank meinte nur, dass ihr die Lenkzeiten beachten solltet!", antwortete die Zentralistin.

„Jaja, passt schon!", kommentierte Patrick und betrachtete die Angelegenheit als erledigt. Dieter, der allgemein als Erbsenzähler bekannt war setzte gerade zu einem Kommentar an, als ihn die Leitstelle über Funk jäh unterbrach.

„1/83-1 für Leitfunkstelle München!", schallte es aus dem Lautsprecher. Dieter drehte sich zum Funktisch und antwortete:

„Der 1/83-1 hört!"

„Ich habe einen Auftrag für euch. Kreislaufstillstand in der Maximilian Straße. Wer fährt?"

Da beide Besatzungen „im Stall" waren, oblag die Entscheidung, welches Fahrzeug raus fährt der Rettungswache selbst.

„Der 1/83-1 fährt. 1/83-2 ist geblockt für eine Fernfahrt!"

„Alles klar, 1/83-1. Dann für sie...". Dieter nahm den Auftrag entgegen, während Jens seine Schuhe zuband.

„Geil! Rea! Hatte ich seit Monaten nicht mehr!", kommentierte er. Eine Reanimation war für Rettungsdienstler so was wie ein Sechser im Lotto. Dass dabei ein Mensch im Begriff zu sterben war, war für Rettungsdienstler ein notwendiges Übel, was aber nicht von Bedeutung war, da es lediglich um den Job an sich ging. Denn die Reanimation war so was wie die Königsdisziplin.

Marcus Borofka, ebenfalls noch von der Tagdienstbesatzung übrig geblieben, beschwerte sich, da er den ganzen Tag nur „Schüttler" gefahren hatte.

„Na super! Unser Dienst ist rum und schon bekommt ihr die Klopper. Ich könnte kotzen!"

Patrick schaute kurz auf und sah sich vor ungefähr zehn Jahren, als er auch noch zu denen gehörte, die sich über eine Reanimation freuten.

„Es gibt Schlimmeres!", kommentierte er die Szene. Jens und Dieter sprinteten ins Fahrzeug und kaum zehn Sekunden später hörte man Dieter wieder über Funk, das Sondersignal im Hintergrund.

„Leitfunkstelle München, der 1/83-1 im Status 3!"

„Verstanden, 1/83-1, Status 3 um 17.49 Uhr!"

Status 3 besagte, dass sich das Einsatzfahrzeug auf dem Weg zum Einsatzort befand. Um alles lückenlos zu dokumentieren wurde jede Bewegung des Fahrzeugs mit einem Status versehen. Tobi Herford war mittlerweile ebenfalls am essen.

„Schmeckt sehr gut! Sach ma', Jennifer, wann lädst Du mich eigentlich mal zu Dir zum Essen ein?", fragte er unverhohlen. Für Jennifer war es auf jeder Rettungswache das Gleiche. Da es im Rettungsdienst nur wenig attraktive Mitarbeiterinnen gab, fielen die Kerle umso mehr über Jennifer her, als wäre sie die erste Weihnachtsgans im September. Aber Jennifer wusste sich mittlerweile durchzusetzen.

„Wenn die Hölle einfriert und du ein Eunuch geworden bist, dann vielleicht!", konterte sie.

Patrick musste lachen über den trockenen Kommentar von Jennifer. Gleichzeitig war er aber auch erstaunt über ihre Schlagfertigkeit. Das kannte er nicht von ihr. Sie war früher zurückhaltender gewesen.

Patrick war gerade dabei seinen zweiten Teller Pasta zu essen, als sich wieder der Funk dazwischen schaltete.

„1/83-2 für Leitfunkstelle München!"

Jennifer, die schon längst fertig mit dem Essen war lief zum Funktisch rüber.

„1/83-2 hört!"

„Neuer Auftrag für sie. Klinikum rechts der Isar auf den Namen..". Jennifer schrieb mit und notierte sich die Abteilung, wo Pasqal lag und die entsprechende Auftragsnummer. Da es keine dringende Notfallfahrt war, zog sie den Einsatz in Rücksichtnahme auf Patrick, der noch am Essen war, in die Länge.

„Verstanden. Setzen sie uns schon mal in den Status 3, wir müssen noch die Route berechnen!"

Es war zwar eine Lüge und die Leitstelle wusste dies auch, aber bei einem Krankentransport war dies egal.

„Verstanden, Status 3 um 18.01 Uhr."

„Danke! Bin gleich soweit!" rief Patrick zu Jennifer rüber.

Patrick stand auf, zog seine Jacke an und legte sich sein Stethoskop um den Hals, wie er es immer machte. Früher zum protzen, heute nur noch aus Gewohnheit, weshalb er den Spitznamen „Doc" bekommen hatte. Man respektierte ihn, weil es meistens Patrick war, der bei Großeinsätzen die Koordination übernahm. Er hatte sich quasi das Privileg des umgehängten Stethoskops verdient. Eine Geste, die sonst nur Ärzten vorbehalten war. Ein paar Wochen zuvor hatte ein Praktikant diese Geste bei Patrick gesehen und es ihm direkt nachgemacht. Dieter, der an diesem Tag mit Patrick fuhr, riss dem Praktikanten das Stethoskop vom Hals und ermahnte ihn. „Wenn du mal 20 Jahre Erfahrung im Rettungsdienst hast und Einsätze koordinieren kannst, erst dann hast Du die Berechtigung dir das Stethoskop um den Hals zu legen. Keine Minute vorher. Alles klar?"

Der Praktikant schaute ihn nur erstaunt an und verstand die Welt nicht mehr.

„Du oder ich?", fragte Patrick und hielt den Fahrzeugschlüssel in der Hand.

Jennifer riss ihm den Schlüssel aus der Hand und stieg an der Fahrerseite ein. Damit war die Frage geklärt. Zumindest diese.

Kapitel Acht

Es war still geworden im Zimmer von Pasqal. In wenigen Minuten würde er abgeholt und dann würde es nach Berlin gehen. Nach Berlin in ein Hospiz. Pasqal war schon klar, dass es sich dabei um nichts anderes als ein „Abnippel-Zimmer" handelte. So nannte er es zumindest. Nur er nannte es so. Mit der Wahrheit hatten es die meisten sowieso nicht so. Seit Beginn seiner Krankheit wurde er eigentlich nur belogen. Man versuchten seine Situation schön zu reden. „Es gibt bestimmt noch Möglichkeiten", hatten sie gesagt. „Wir tun alles Menschenmögliche um das Beste aus der Situation zu machen." Jedes Mal, wenn es ihm schlechter ging wurde die Situation schön geredet. „Wir haben zwar einen kleinen Rückschlag erlitten, aber wir müssen jetzt nach vorne sehen!"

Pasqal konnte es nicht mehr hören. *Wir* hieß nichts anderes als *er*. Nicht *wir* nippeln ab, sondern *ich*, hatte er damals zu dem Arzt gesagt. Pasqal war klar, dass man ihn mit den Beschönigungen nur schützen wollte. Aber schützen wovor? Vor der unbequemen Wahrheit? Schützen vor der Tatsache, dass er nun mal sterben würde? „Nein, wir wollen nur Rücksicht auf Dich nehmen!" hatten sie gesagt. Rücksicht? Auf was denn bitte Rücksicht nehmen? Worin lag denn der Sinn in seiner Situation Rücksicht zu nehmen? Pasqal hasste die Rücksichtnahme. Er hasste es, wenn ihn jeder behandelte wie ein rohes Ei. Er hasste es, wenn man ihm zuvor kam, nur um es ihm irgendwie Recht zu machen. Er musste doch sterben! Nicht die anderen. Was war es eigentlich, wovor die Menschen um ihn herum Angst hatten? War es der Verlust von ihm? War es die Angst davor, dass sie sich danach alleine fühlen würden, wie er damals, als sein Vater starb? Bei Verwandten konnte er dies ja noch verstehen. Aber was war mit der alten Frau, die er in der Krankenhaus-Cafeteria getroffen hatte?

Die alte Frau saß an einem Tisch und aß gerade ein Stück

Schwarzwälder-Kirsch-Torte. Die Cafeteria war brechend voll und es war nur noch ein Platz neben ihr frei. Pasqal setzte sich zu ihr und sie fragte natürlich wie jeder, warum ER denn gerade im Krankenhaus sei.

„Ich habe Krebs und sterbe bald!" hatte er gesagt.

„Ach Gott, das tut mir leid." hatte sie geantwortet.

„Was genau tut ihnen denn leid? hatte er gefragt.

„Das dir das passieren muss!"

„Das mir was passieren muss?"

„Naja das eben!"

„Meinen sie den Krebs oder das sterben?"

„Entschuldigung." sagte sie.

„Entschuldigung? Entschuldigung für was?" fragte Pasqal.

„Naja...", sie begann zu stottern. „Für alles eben."

„Das verstehe ich nicht!" sagte Pasqal. „Erst tut es ihnen leid und dann entschuldigen sie sich. Sie können doch nichts dafür!"

„Ja, schon, aber...", antwortete sie nervös.

„Sehen sie, das ist genau das, was ich meine! Keiner kann ganz normal mit mir sprechen. Weder über meine Krankheit, noch über meinen bevorstehenden Tod. Warum sind sie denn hier?", fragte er weiter.

„Ich hatte einen Oberschenkelhalsbruch!", antwortete sie, jetzt nicht mehr so nervös.

„Hat das wehgetan?"

„Ja, sehr sogar!", antwortete sie fehlerfrei.

„Hatten sie Angst zu sterben?"

„Nein, davon stirbt man nicht!", lächelte sie.

„Aber sie könnten bald sterben, oder?", fragte er frech.

„Ich bin ja auch schon alt."

„Was meinen sie damit? Ist es bei ihnen ok, dass sie sterben und bei mir nicht?"

„Naja, du bist ja noch so jung?! Du hast noch so viel vor dir!"

„Haben sie nichts mehr vor?"

„Nein, ich habe so viel gesehen im Leben. Ich brauche nichts mehr zu sehen!", antwortete sie und sah zufrieden dabei aus.

„Seit wann ist das so, dass sie nichts mehr im Leben sehen müssen?"

„Wie meinst du das?" fragte sie.

„Wann haben sie beschlossen, dass sie nichts mehr im Leben sehen müssen, weil sie schon alles gesehen haben?"

„Das kann ich dir nicht sagen. Irgendwann war es soweit!"

„Und was denken sie, habe ich noch nicht gesehen?"

„Naja, da gibt es eine ganze Menge, oder?" fragte sie.

„Ich weiß es nicht! Deswegen frage ich ja sie. Denn sie haben ja schon alles gesehen, oder?"

„Naja, alles vielleicht nicht, aber vieles zumindest!"

„Aha, also gibt es doch noch was, was sie gerne noch sehen würden."

„Nein...", sie überlegte kurz. „Vielleicht ist es eher so, dass ich manches gerne noch einmal erleben möchte!"

„Was wäre das zum Beispiel?"

„Als ich meinen Mann kennen gelernt habe!" sagte sie und lächelte dabei.

„Wo ist ihr Mann jetzt?"

„Er ist vor fünf Jahren gestorben.", antwortete sie und sah traurig dabei aus.

„Hatte er alles gesehen?" fragte Pasqal.

„Ich glaube schon!" antwortete sie und fing wieder an zu lächeln.

„Ich denke, dass ich auch schon alles gesehen habe, was ich sehen muss", sagte Pasqal und fing an nachzudenken.

„Aber du weißt doch noch gar nichts vom Leben!", versuchte sie gegen zu argumentieren.

„Deswegen frage ich sie ja, was ich vom Leben wissen muss!"

„Da gibt es keine bestimmten Regeln. Vielleicht sollte man sich eine Liste machen, von dem, was man noch erleben will!"

„Und was steht auf ihrer Liste?" fragte Pasqal.

„Ich wollte immer eine Weltreise mit meinem Mann machen. Aber dann kam alles anders und wir konnten sie nicht mehr machen."

„Also gibt es doch noch Punkte, die sie nicht gemacht haben?!"

„Ja, aber dafür haben wir andere schöne Dinge gemacht!"

„Aber dann war die Liste ja eigentlich unnötig, oder?"

„Weißt Du, ich habe mal gehört, man soll einfach seine Wünsche auf eine Liste schreiben. Und vielleicht gehen sie ja in Erfüllung?!"

„Ja, vielleicht...", antwortete Pasqal und wirkte nachdenklich dabei.

Nach der Begegnung mit der alten Frau in der Cafeteria hatte sich Pasqal tatsächlich eine Liste gemacht. Er schrieb alles auf, was er sich jemals wünschte. Pasqal holte die Liste aus der Schublade des Nachtschränkchens raus. Es war jetzt nun schon fast ein Jahr her, dass er die alte Frau in der Cafeteria getroffen hatte. Und so alt war mittlerweile auch seine Liste. Einige Dinge auf seiner Liste hatte er tatsächlich auch bekommen. Einige Dinge nicht. Aber dennoch strich er mehr Dinge von der Liste, als er eigentlich bekommen hatte. Umso mehr die Zeit verstrich, desto weniger wichtig wurden die Dinge, die auf seiner Liste standen. Das Pferd zum Beispiel hatte er nicht bekommen. Aber es war ihm jetzt auch nicht mehr wichtig. Er mochte Pferde noch immer. Aber ihm waren andere Dinge wichtiger geworden. Pasqal strich die unwichtigen Punkte auf seiner Liste durch. Am Ende blieben noch 3 Dinge auf der Liste übrig. Er war sich sicher, dass diese drei Punkte auf seiner Wunschliste passieren würden. Er wusste nur nicht wann.

„Du hast dich verändert!" stellte Patrick fest und sah zu Jennifer herüber, die gerade noch dabei war ihren Sitz auf die entsprechende Höhe einzustellen. Sie befanden sich gerade auf der Anfahrt zum Krankenhaus. Aus den Lautsprechern wechselten sich die Melodien der Musik mit dem Geschnatter des Funks ab.

„Wäre ja auch schlimm, wenn nicht, oder?", antwortete Jennifer.

Eigentlich hatte Patrick das Eis brechen wollen und eine Konversation beginnen wollen, aber es funktionierte nicht. Eine bedrückende Stille brach herein, die nur durch die Musik und dem dazwischen geschalteten Funk unterbrochen wurde.

„1/83-2 für Leitfunkstelle München!"

Patrick nahm den Funkhörer ab und antwortete. „1/83-2 hört!"

„Ah, Doc!" grüßte ihn der Mitarbeiter der Leitstelle. „Passt mal auf, Patrick, nehmt bitte Sauerstoff mit!" Patrick nahm es zur Kenntnis und antwortete diszipliniert und den Vorschriften entsprechend.

„Der 1/83-2 hat verstanden!"

Patrick schaute auf den Einsatzzettel, den Jennifer vorher geschrieben hatte. Noch immer hatte sie diese kindliche Schrift mit viel Schnörkeln. Anders als Melindas Schrift. Ihr Schriftbild war erwachsen und geradlinig.

„Soll das Lungen-CA heißen?", fragte Patrick, weil er es nicht richtig entziffern konnte.

„Jep. Lungen-CA im Endstadium." antwortete Jennifer.

Der Verkehr in der Stadt war dicht befahren und vor ihnen zeichnete sich ein Stau ab. Im Radio lief ein Lied von Laith Al-Deen.

Ich sah die Sonne,
versinken tief im Westen,
sah wie das Meer dort den Himmel berührt.

Traf tausend Leute,
die schlimmsten und die Besten.
Hab' ihre Lieder und Geschichten gehört.

Ich war im Norden,
im Osten und im Süden,
sprach mit Träumern von der Wirklichkeit.

Begegnete dem Wahren und den Lügen,
ging manchmal mit
und manchmal gegen die Zeit.

Doch, egal wohin ich gehe,
wen immer ich auch sehe,
es ist keine wie du.

Egal auf welchen Wegen,
wem immer ich begegne,
es ist keine wie du.

Ein Lied, welches er mit Melinda verband. Er hatte ihr den Text mal per E-Mail geschickt, als er das Lied das erste Mal hörte. Patrick drehte den Lautstärke-Regler, um die Lautstärke zu erhöhen.

„Immer noch Laith Al-Deen?", fragte Jennifer, die Laith Al-Deen ebenfalls mit jemand verband. Nämlich mit Patrick. Seitdem die Beziehung beendet war hörte sie kaum noch Laith Al-Deen.

„Er macht nach wie vor gute Musik, oder?", antwortete Patrick. Jennifer nickte nur leicht.

„Schreibst Du immer noch Texte?" fragte sie. Sie wusste, dass Patrick früher sehr viele Texte geschrieben hatte. In ihrer Beziehung hatte sie an die 100 Texte von ihm bekommen und er hatte ihr sogar ein Buch mit seinen Texten gewidmet. Das

Buch hatte sie noch heute in einer Kiste unter dem Bett.

„Nein." antwortete er kurz und knapp.

„Warum nicht?

„Weil ich es nicht mehr kann!"

„Was meinst du damit, dass du es nicht mehr kannst?", fragte sie ungläubig.

„Ich kann es einfach nicht mehr. Texte schreiben kann man oder eben nicht. Und ich kann es nicht."

Tatsache war, dass er seit der Trennung von Melinda keinen einzigen Text mehr geschrieben hatte. Sehr oft hatte er es probiert, brach dann aber meistens nach der zweiten Zeile ab. Früher fiel ihm das Texten leichter. Immer dann, wenn er besonders glücklich oder besonders unglücklich war, fielen ihm die Texte so leicht. Es war für ihn wie das Zusammenaddieren von Zahlen. Aber heute konnte er es nicht mehr. Es schien, als hätte er sein Talent an dem Tag verloren, als Melinda aus der Tür des Besuchsraums raus ging und nie mehr wieder kam. Sie hatte sein Talent einfach mitgenommen.

„Das ist schade!", antwortete Jennifer mit einer gewissen Enttäuschung in der Stimme. „Denn das hattest du echt drauf!"

Wieder schlich sich diese bedrückende Stille ein. Patrick war es sehr unangenehm über dieses Thema zu sprechen. Auch er fand es sehr schade, dass er nicht mehr schreiben konnte. Es war eine Art Ventil gewesen, das er früher dazu genutzt hatte, um seinen Gefühlen freien Lauf zu lassen. Patrick wollte das Thema wechseln.

„Wie sieht es mit deiner Ortskenntnis in München aus?"

„Naja, ist halt schon größer als Mainz. Aber mittlerweile geht es ganz gut.", antwortete sie. „Christoph lebt seit fünf Jahren hier in München und hat mir die wichtigsten Eckpunkte gezeigt."

„Wo habt ihr euch kennen gelernt?"

„Auf dem Rosenmontagszug in Mainz vor einem Jahr. Ich war EVD und er lief mir direkt vors Auto und brach sich den

Fuß."

EVD war die Bezeichnung für Einsatzleiter vom Dienst. Bei Großeinsätzen hatte jede Organisation ihren EVD, der den kompletten Einsatz koordinierte. Eine Aufgabe, die vorher Patrick immer übernommen hatte. Jennifer war damals seine Assistentin.

„Du warst EVD?", fragte erstaunt.

„Naja, nachdem du weg warst hat man erst mal Breuer als EVD eingesetzt. Aber der vermasselte es direkt im ersten Einsatz, weil er zwei Trupps in den gegnerischen Block bei Mainz 05 einsetzte. Dabei kam es zu einer Massenschlägerei."

„Aua", kommentierte Patrick.

„Naja, und danach hat man mich als EVD eingesetzt, da ich ja sowieso bei dir immer dabei war." fuhr Jennifer fort.

„Wow! Dann hast du also Karriere gemacht." sagte er mit ein wenig Stolz in der Stimme.

„Du hast schon einige Lücken hinterlassen, als Du fort warst"

„Jeder ist ersetzbar!", entgegnete Patrick trocken, der sich dessen nur allzu gut bewusst war.

„Das mag stimmen. Die Frage ist nur wie!", konterte Jennifer.

Nach weiteren zehn Minuten erreichten sie die Liegendeinfahrt im Klinikum. Patrick griff zum Funkhörer.

„Leitfunkstelle München der 1/83-2 im Status 4".

Damit kündigte er an, dass sie angekommen waren. Mit der Trage und dem tragbaren Sauerstoffgerät durchstreiften sie die Notaufnahme in Richtung Fahrstühle. Innerhalb der Notaufnahme ging es hektisch zu. Links und rechts in den einzelnen Kabinen lagen Patienten mit verschiedensten Verletzungen, vereinzelt ein paar Krankenschwestern, die hektisch von Kabine zu Kabine rannten, telefonierten oder Spritzen aufzogen. An der letzten Kabine vorbeikommend sah Patrick seinen Bruder. Sie hatten mittlerweile wieder ein gutes Verhältnis. Als Patrick im Gefängnis war hatte er keinerlei Kontakt zu seinem Bruder gehabt. Den Altersunterschied von vier Jahren nahm man heute nicht mehr wahr. Als Patrick 13 Jahre alt war, gab es da schon durchaus mehr Probleme mit dem Bruder, der schon 17 Jahre alt war und dementsprechend andere Interessen hatte. Aber mit der Zeit glichen sich die Interessen an. Daniel war seit nunmehr vier Jahren als Oberarzt in der Klinik beschäftigt und trotzdem Patrick in München lebte und Daniel nur wenige Kilometer entfernt, sahen sie sich nur ein bis zweimal im Jahr, da beide sehr beschäftigt waren, zumal Daniel mittlerweile drei Kinder hatte und voll im Familienleben eingebunden war. In mancher Hinsicht waren sie sich sehr ähnlich. Beide waren sie sehr erfolgreich in ihren Jobs, willensstark und hatten eine gewisse Ausstrahlung auf Frauen. Dennoch war Patrick damals das schwarze Schaf der Familie gewesen. Aber Daniel war es gewesen, der nach seiner Entlassung auf Patrick zuging und ihm in den ersten Wochen unter die Arme griff. Daniel schätzte seinen kleinen Bruder mehr, als er ihm gegenüber zugeben würde.

„Hey, Herr Doktor! Machen sie da ja richtig!", feixte Patrick in die Kabine rein.

„Brüderchen!", antwortete Daniel, der sich sichtlich freute Patrick mal wieder zu sehen. Auch Jennifer schaute in die Kabine rein und begrüßte ihn.

„Hallihallo!"

„Na sowas?! Wieder vereint?", fragte Daniel ungläubig.

„Nur dienstlich! Man hat uns fälschlicherweise zusammen eingetragen." antwortete Patrick.

„Na dann!", grinste Daniel. „Bringt ihr was oder holt ihr was?"

„Wir holen was und dann nach Berlin."

„Berlin? Dann fahrt ihr sicherlich den kleinen Pasqal! Das ist aber eine Intensiv-Verlegung! Wo ist euer Doc?"

„Nix Doc! Wir sind eine RTW-Besatzung! Von einer Intensiv-Verlegung hat keiner was gesagt.", antwortete Patrick etwas überrascht.

„Naja, ich finde es auch etwas überzogen bei einer Lungen-CA, aber du weißt ja wie die Chefärzte sind!", antwortete Daniel, der ebenfalls Rettungsdienst gefahren war, bevor er Arzt wurde.

„Mal sehen, was wirklich Sache ist. Wann sehen wir uns mal wieder?", fragte Patrick, der die letzten beiden Treffen vorgeschlagen hatte, die Daniel aber jedes Mal wegen seinem Dienst in der Klinik abgesagt hatte.

„Ich kann es dir noch nicht sagen, aber ich verspreche dir, dass ich mich Ende der Woche bei dir melde."

„OK, wir machen uns mal auf den Weg. Bis dann!", verabschiedete sich Patrick.

„Tschüss ihr beiden! Viel Spaß in Berlin!", grinste Daniel. Dass sie Brüder waren sah man mit den Jahren immer mehr, sie glichen sich immer mehr, dachte Jennifer.

Auf der Station angekommen rollten sie mit der Trage direkt vor das Schwesternzimmer. Die diensthabende Schwester Berta begrüßte sie. Patrick stellte sich vor. „Hallo, Patrick Lebóire und das ist meine Kollegin..."

Schwester Berta unterbrach ihn.

„Kleinen Moment. Der diensthabende Arzt möchte sie noch sprechen."

Sie ging nach hinten in das Dienstzimmer des Arztes, der anschließend mit ihr nach vorne kam.

„Hallo, Dr. Galari!" stellte sich Dr. Galari vor. „Nun, Pasqal liegt seit neun Monaten hier auf unserer Station mit einer Lungen CA im Endstadium. Die rechte Pulmo ist komplett zu und die linke weist eine Kapazität von knapp 80% auf. Er ist auf Myxotaxin eingestellt, der Perfusor läuft mit 2mg Fenta die Stunde, 02 mit 8 Liter über ääh, Sonde, wie ich sehe..."

Jennifer funkte dazwischen. „8 Liter über Sonde? Aua! Wir

legen ihm direkt mal eine Maske an!", sagte sie. Es war nicht das erste Mal, dass Klinikpersonal kleinere Routinefehler machte.

„Gute Idee!", räumte Dr. Galari ein.

„Lufttransport ist aufgrund der zusammengefallenen Lunge ausgeschlossen, gehe ich davon aus.", kombinierte Patrick.

„So ist es. Pasqal ist soweit stabil, allerdings hatte er heute Mittag eine Apnoe, die aber mit 2mg Diazepam und 1mg Fenta im Bolus behoben wurde."

„Alles klar, wir nehmen den Perfusor dann mit und bringen ihn bei der Rückfahrt zurück!", warf Jennifer ein, die vermeiden wollte, dass sie mit Patrick nochmal ans Auto musste, um den eigenen Perfusor zu holen. Patrick hatte dies durchaus registriert und war einmal mehr überrascht, wie schnell Jennifer mittlerweile bei gewissen Dingen schaltete.

Dr. Galari ging mit beiden in Richtung Pasqals Zimmer und blieb unvermittelt vor der Tür stehen.

„Sehr traurige Geschichte!", sagte Dr. Galari. „Der Junge ist ein Unikat, aber wir konnten nichts machen!"

Er öffnete die Tür und ging auf Pasqal zu.

„Sie können die Bahre direkt hier ans Bett fahren!", deutete Dr. Galari auf Patrick und Jennifer.

„Herr Kollege! Das ist eine Trage und keine Bahre!", insistierte Pasqal, der sehr wohl den Unterschied zwischen einer Bahre, auf der Tote transportiert werden, und einer Trage kannte, auf der Kranke transportiert werden. Patrick lächelte, als er das hörte. Wie oft hatte er schon schmunzeln müssen, wenn Zeitungsberichte fälschlicherweise von „Bahren" schrieben.

„Hallo Pasqal!", begrüßte ihn Jennifer. „Mein Name ist Jennifer und das ist Patrick!", deutete sie auf Patrick, der die Trage auf zwei Ebenen runter fuhr.

„Wow!", entfuhr es Pasqal spontan, als er Jennifer sah. „Du bist die hübscheste Saniteuse, mit der ich je zu tun hatte! Und ich hatte schon mit einigen zu tun!".

Jennifer wusste nicht recht, ob sie sich über den Begriff „Saniteuse" ärgern oder sich über die Frechheit des kleinen Pasqal amüsieren sollte.

„Na, du musst es ja wissen!", antwortete sie ihm. „Dann hüpf' mal hier rüber auf die Trage!", sagte sie scherzhaft. Dr. Galari verabschiedete sich von Pasqal und von der RTW-Besatzung. Nachdem das Sauerstoffgerät angeschlossen und der Spritzenperfusor auf Pasqals Schoß lag, fing das Gerät unvermittelt an zu piepen. Fast schon reflexartig drückte Pasqal auf den Alarmknopf, um das Piepsen zu beenden.

„Das Ding spinnt ein wenig! Die Zuleitung ist weder abgeklemmt, noch ist die Durchlaufgeschwindigkeit reduziert!", kommentierte er fachmännisch. Patrick und Jennifer staunten nicht schlecht über die Aussage des 11-Jährigen, der da auf der Trage lag.

Patrick legte Pasqals Tasche mit auf die Trage und beäugte ihn argwöhnisch. Er hatte noch kein einziges Wort mit ihm gesprochen, da Jennifer die Rolle der Teamleaderin übernommen hatte, was ihm nur recht war.

Pasqal verabschiedete sich von Schwester Berta, die ihm einen dicken Kuss auf die Backe drückte. Mittlerweile hatte auch Pasqal ein paar Tränen auf den Wangen, da er sich wirklich an die Schwestern und Pfleger auf der Station gewöhnt hatte und sie jetzt schon vermisste.

„Taschentuch?", fragte Jennifer ihn und hielt ihm ein Taschentuch hin, was er bereitwillig nahm.

„Können wir?", fragte Patrick, der etwas ungeduldig wurde und langsam los wollte.

„Bereit, wenn Sie es sind, Dr. Lector!", antwortete Pasqal mit einem Filmzitat aus *Das Schweigen der Lämmer*. Patrick erkannte direkt das Zitat und antwortete ebenfalls mit einem Zitat aus dem gleichen Film. Pasqal bemerkte es und hatte ein kleines Lächeln auf dem Gesicht. Mit Sack und Pack bestiegen sie den Aufzug.

„Wie lange warst Du jetzt hier?" fragte Jennifer.

„Zu lange anscheinend", antwortete Pasqal, der noch immer eine Träne auf der Wange hatte. Patrick sah die Träne und wischte sie mit einem Taschentuch weg.

„Männer weinen nicht!", sagte Patrick und ergänzte lächelnd: „Zumindest nicht vor Frauen!". Pasqal wischte mit seiner Handfläche nochmal nach, um zu verdeutlichen, dass er verstanden hatte. Jennifer, die Patrick genau gegenüberstand lächelte. Noch immer hatte er die Gabe, sich mit einer kurzen Geste oder einem einzigen Satz bei Menschen Gehör zu verschaffen, dachte Jennifer.

Patrick war das kurze Lächeln von Jennifer aufgefallen. Sie hatte in den letzten Jahren an Selbstbewusstsein hinzugewonnen. Nicht mehr die „Praktikantin" von einst, sondern eine ernst zu nehmende Rettungssanitäterin, die ihre Sache im Griff hat, dachte Patrick. Sie hatte sich tatsächlich verändert. Sie hatte mittlerweile sogar ein wenig von Melinda. Ebenfalls stark und tough. Eigentlich genau die Frau, die er sich damals insgeheim gewünscht hatte, als sie noch zusammen waren und sie noch die junge Studentin war, die noch gar keine Ahnung vom Leben hatte und noch nicht die Reife hatte, die Melinda schon aufgrund ihres reiferen Alters hatte. Seltsamerweise waren sich Jennifer und Melinda in einigen Dingen ziemlich ähnlich. Oder suchte er nur nach Ähnlichkeiten, die in Wirklichkeit gar nicht vorhanden waren. Immer wieder ertappte er sich dabei, dass er andere Frauen mit Melinda verglich. Aber immer wieder stellte er fest, dass wohl keine so wie Melinda sein würde. Er idealisierte sie geradezu. Und immer öfter stellte er sich die Frage, ob er überhaupt noch einmal eine wie Melinda finden würde und ob er dies überhaupt wollte. Er war sich dabei nicht immer sicher.

Sie verließen den Aufzug und schritten durch die Notaufnahme, wo Daniel gerade dabei war, einen Transportschein für eine andere RTW-Besatzung zu unterschreiben. Jennifer, die an der Trage vorausgegangen war, hielt unvermittelt vor Daniel an und wartete darauf, dass er Platz machen würde. Allerdings bemerkte er sie nicht gleich, so dass sie ihm von hinten an die Schulter tippen musste.

„Junger Mann, ich weiß, Sie sind Arzt und haben dementsprechend Zeit ohne Ende, aber bei uns bedeutet Zeit gleich Geld!", sagte sie sarkastisch zu Daniel, der erst jetzt bemerkte, dass er im Weg stand.

„Oh, junge Frau. Ich habe Sie gar nicht gleich bemerkt. Selbstverständlich lasse ich sie durch!", antwortete Daniel und rief zu Patrick rüber: „Na? Alles geklappt?"

„Aber sicher doch!" kommentierte Patrick.

Daniel war froh, dass Patrick sein Leben endlich wieder im Griff hatte. Als Patrick noch ins Gefängnis war, war Daniel unendlich traurig über den Werdegang seines Bruders gewesen. Er hatte schon recht früh das Potential und die Ressourcen seines Bruders erkannt, für den er in gewisser Hinsicht manchmal die Vaterrolle übernehmen musste – ob er wollte oder nicht. Aber heute war das anders. Patrick hatte sich geändert und Daniel schaute stolz den beiden hinterher, als sie durch die Schiebetür zur Fahrzeughalle schritten.

Am RTW angekommen packte Patrick die Tasche von Pasqal in den Wagen. Jennifer war gerade dabei die Trage in Position zu bringen, um sie anschließend in den RTW zu schieben, als Patrick ihr schon helfend zur Hand gehen wollte.

„Das passt schon!" sagte sie und gab ihm damit zu verstehen, dass sie seine Hilfe nicht brauchte.

„Tja, selbst ist die Frau von heute!" kommentierte Pasqal die Situation.

„Nicht immer, aber immer öfter", antwortete Patrick. Routiniert schob sie die Trage rein. Auch das war früher anders gewesen. Früher war ihr die Trage zu schwer und jedes Mal musste Patrick die Trage reinschieben. Ja, sie hat sich wirklich verändert, dachte Patrick.

Patrick hatte sich schon darauf vorbereitet den ersten Teil der Strecke hinterm Steuer zu verbringen, aber da hatte er die Rechnung ohne Jennifer gemacht, die sich ebenfalls darauf freute den ersten Teil der Strecke zu fahren, da sie noch einen Anruf von Christoph erwartete.

„Kann ich den ersten Teil der Strecke fahren?" fragte sie. „Ich muss noch telefonieren".

Manche Dinge ändern sich aber auch nie, dachte Patrick und antwortete ihr mit einem Grinsen.

„Ja, ab Nürnberg wechseln wir dann. Ok?"

„Alles klar!", sagte sie und lief schon Richtung Führerhaus. Sie hatten nun eine Strecke von knapp 600 Kilometern zu fahren. Vorbei an Nürnberg, wo sie sich quasi kennen gelernt hatten, vorbei an Bayreuth, wo sie ihren ersten Jahrestag in einem Romantikhotel verbrachten und vorbei an Rudolstadt, wo sie ihren letzten gemeinsamen Abend miteinander verbracht hatten, bevor die Beziehung jäh zerbrach.

„Falls Du Dich auf die Saniteuse gefreut hast, so muss ich dich enttäuschen!", erläuterte Patrick in Richtung Pasqal.

„Ich weiß nicht, ob nicht eher Du Dich auf die Saniteuse gefreut hättest?!", antwortete Pasqal, der durchaus mitbekommen hatte, dass irgendwas zwischen Jennifer und Patrick lief. Er konnte nur noch nicht ganz zuordnen was. Aber er würde es sowieso noch auf der Fahrt raus bekommen, dachte er.

Kapitel Neun

Pasqal lag auf der Trage und sah sich im Rettungswagen um. Er war schon öfter in einem Rettungswagen mitgefahren, aber irgendwie war der hier neuer, dachte er. An der Wand links von ihm hing ein funkelnagelneues EKG-Gerät. Die Wände selbst waren in mattem weiß gehalten. Der Boden war leicht blau gesprenkelt und hatte das Profil von Schmirgelpapier. Pasqal schaute sich auch Patrick Lebóire an. Auch der sah ein bisschen anders aus, als die anderen Sanitäter, die er schon gesehen hatte. Nicht so abgenutzt, nicht so abgehalftert, wie all die anderen, denen man schon von weitem angesehen hatte, dass sie ihren Job nicht gerne machten. Die Hose war knitterfrei und nicht so dreckig, wie bei den anderen Sanitätern, die er gesehen hatte. Die weißen Schuhe waren sauber geputzt und zeigten nicht die üblichen gelblichen Verfärbungen auf. Um seinen Hals trug er ein Stethoskop. Das weiße Polohemd war gestärkt und einwandfrei gebügelt. Auf dem Namensschild von Patrick, welches an der linken Brustseite hing las er den Namen von Patrick, aber es stand sonst keine weiter Bezeichnung auf dem Namensschild. Patricks Hände waren manikürt und gepflegt. Fast so wie die Chirurgen-Hände, die Pasqal schon öfter gesehen hatte. Pasqal war sich plötzlich nicht mehr sicher, ob Patrick ein Arzt, ein Medizinstudent oder einfach nur ein Krankenwagenfahrer war.

„Bist Du Arzt?" fragte Pasqal neugierig.

„Nein!", antwortete Patrick kurz und knapp.

Patrick saß auf dem Betreuerstuhl neben Pasqal und füllte sein Protokoll aus, welches für jeden Transport ausgefüllt werden musste. Er hatte nicht sonderlich Lust mit dem Kleinen zu sprechen und eigentlich hätte er lieber vorne gesessen und wäre gefahren. Patrick wühlte in den Unterlagen des Krankenhauses, um zu sehen, was genau der Kleine eigentlich hatte und warum er nach Berlin gefahren wurde. Der Arzt hatte ihm zwar bei der

Übergabe einiges gesagt, aber das war meist nur die halbe Wahrheit. Die Lebenserwartung des kleinen Pasqal betrug weniger als acht Wochen. Schicksale zu verfolgen und diese einfach hinnehmen zu müssen hatte Patrick Lebóire in all den Jahren im Rettungsdienst schon öfters. Ein Einsatz, der ihm auch noch nach Jahren im Gedächtnis geblieben war, zeigte sehr deutlich, wie hart das Leben sein konnte.

Patrick war damals mit Kollegen zu einer Baby-Reanimation gerufen worden. Während des Einsatzes erfuhren sie, was vorher passiert war. Der Vater des Kindes war alleine mit dem Baby zu Hause und schlief vor dem Fernseher auf dem Bett ein. Das Baby lag neben ihm. Während des Schlafes drehte sich der Vater unbewusst um und erdrückte damit das Baby, welches dann qualvoll erstickte. Auch nach eineinhalb-stündigen Reanimationsversuchen konnte das Baby nicht wiederbelebt werden. Noch während der Reanimation kam die Mutter des Säuglings nach Hause und erfuhr von der dramatischen Situation. Sie schlug auf ihren Mann, der sowieso schon mit den Nerven am Ende war, unvermittelt ein und beschimpfte ihn. Noch während des Handgemenges löste sich der Mann aus den Schlägen seiner Frau und rannte zum Balkon und sprang aus dem 6.Stock in den Tod auf den darunter liegenden Betonboden. Er war sofort tot und jegliche Reanimationsversuche blieben erfolglos. Die Frau wurde noch am gleichen Abend in die psychiatrische Klinik eingewiesen. Es war einer von vielen Fällen gewesen, in denen Patrick gesehen hatte, wie sich das Leben von einer auf die andere Sekunde dramatisch verändern konnte.

Noch immer war Patrick dabei das Protokoll auszufüllen, während Pasqal sich noch immer umschaute. Aufgrund der vielen Fahrten, die er in Krankenwagen schon hinter sich hatte, kannte Pasqal den Unterschied zwischen einem Rettungswagen und einem Krankenwagen. Aber dieser Rettungswagen war irgendwie schicker, als all die anderen Rettungswagen, in denen er schon gelegen hatte.

„Ist der neu?" fragte Pasqal wiederum neugierig.

„Jap.", antwortete Patrick ohne zu Pasqal zu schauen.

„Bist nicht sehr gesprächig, oder?", fragte Pasqal, der sich wunderte, dass Patrick ihn nicht beachtete.

„Das kommt immer drauf an."

„Kommt auf was drauf an?" bohrte Pasqal weiter nach.

„Auf meinen Gesprächspartner."

„Aha!" kommentierte Pasqal, der damit eine weitere Reaktion von Patrick hervorrufen wollte. Aber Patrick hatte die kleine Provokation durchaus verstanden. Ihm war derzeit nicht nach Reden. Patrick war eigentlich im Umgang mit Patienten sehr versiert. Er konnte sich mit jedem Patienten unterhalten und sich in die Person einfühlen. Patrick mochte seinen Nebenjob sehr. Er mochte es verschiedenste Menschen kennen zu lernen aber nicht immer wollte er ihre Geschichten erfahren. Patrick sah sich in der Rolle des Helfenden. Und dabei musste er sich nicht zwangsläufig mit der Lebensgeschichte seines Gegenübers auseinandersetzen. Nur mit Betrunkenen konnte er nichts anfangen. Zumindest nicht mit den Betrunkenen, die so viel über den Durst tranken, dass sie anschließend nicht mal den Weg nach Hause fanden und anschließend mit dem Rettungswagen in die Klinik zur Ausnüchterung mussten.

Vor Jahren hatte Patrick mit Jennifer eine ganze Nacht mit solchen „Kunden". Es war eine Samstagnacht vor Rosenmontag, beide fuhren damals noch in Mainz und der Nachtdienst begann schon chaotisch. Noch während sie das Fahrzeug checkten, meldete sich die Leitstelle.

„7/83-2 für Leitfunkstelle Mainz!"

„7/83-2 hört!" meldete sich Jennifer, die nach vorne zur Fahrerkabine gehechtet war.

„Auftrag für Sie! Innenstadt gegenüber Kaufhaus Wehmeyer, dort Massenschlägerei. NAW, Polizei und der 7/83-1 sind ebenfalls auf der Anfahrt dorthin!", gab ihr die Leitstelle durch.

„Ja, verstanden, Status 3!"

Mit Sondersignal fuhren Jennifer und Patrick in die Innenstadt. Vor ihnen bot sich ein Bild wie aus einem Film über einen Bürgerkrieg. An die fünfzig Menschen schlugen aufeinander ein, Flaschen flogen durch die Luft. Sie waren als erstes Fahrzeug eingetroffen. Patrick nahm den Funkhörer.

„Leitfunkstelle Mainz für 7/83-2, dringend!"

„Hier Leitfunkstelle Mainz!"

„Status 4, wir brauchen hier dringend Merkur und eine Hundertschaft!", brach es aus Patrick heraus.

Jennifer legte derweil den Rückwärtsgang ein, um das Fahrzeug aus der Gefahrenzone zu bringen. Beide blieben im Fahrzeug und beobachteten das Schauspiel, das sich vor ihnen bot.

„Bevor nicht Merkur da ist, machen wir gar nichts!" wies Patrick an, nachdem Jennifer auf einen Verletzten zeigte, der in etwa dreißig Meter Entfernung vor ihnen lag.

Während Jennifer und Patrick auf die Polizei, Merkur, warteten, die inzwischen mit fünf Wagen eingetroffen war, nahm die Verwüstung ihren Lauf. Mittlerweile waren zwei Flaschen auf das Dach des RTW geflogen. Nachdem die Polizei mit einer Hundertschaft die Situation weitestgehend im Griff hatte, bekamen Jennifer und Patrick einen Verletzten in Handschellen von der Polizei vorgeführt. Die zwei Beamten, die den Verletzten brachten gingen nicht gerade zimperlich mit ihm um. Blutüberströmt schimpfte der 18-jährige vor sich hin und beleidigte sowohl die Beamten, als auch Jennifer und Patrick. Mit den Handschellen auf dem Rücken lag er bäuchlings auf der Trage. Ein Polizist kniete von oben auf seinem Rücken, während der 18-jährige immer mehr gestikulierte, schrie und vor sich hin brüllte. Nachdem Jennifer versucht hatte dem Verletzten Blut abzunehmen, da die Polizei auf die Blutprobe für die spätere Alkoholbestimmung bestand, beschimpfte er sie aufs wüsteste.

„Du Schlampe, verpiss' Dich! Ich schlage Dir Deine blöde Fresse ein, wenn ich Dich nochmal sehe, Du Fotze!", lallte er und schlug und trat weiter um sich. Mittlerweile waren zwei Polizisten und Patrick auf ihm drauf.

Nachdem der Verletzte soweit versorgt war, fuhren sie in die Klinik zur weiteren Untersuchung des Patienten.

Knappe zehn Stunden später, zum Ende des Nachtdienstes, sahen Jennifer und Patrick den gleichen Patienten noch immer in der Notaufnahme liegen. Mittlerweile hatte er keine Handschellen mehr an und war auch wieder weitestgehend nüchtern und lag wie ein Häufchen Elend auf der Trage des Krankenhauses und heulte. Patrick hatte gesehen, was Alkohol aus Menschen machen konnte. Aus sonst friedlichen Menschen konnte der Alkohol aggressive, cholerische Arschlöcher machen.

Noch immer in Gedanken versunken, wurde Patrick durch die Stimme von Pasqal aufmerksam. Er hatte nicht verstanden, was Pasqal gesagt hatte.

„Wie bitte?" fragte Patrick irritiert.

„Ich sagte, du kannst ruhig mit mir reden."

„Das habe ich mir schon gedacht!", antwortete Patrick. Patrick hatte noch immer den Arztbrief vor sich liegen.

„Und? Was steht drin?", fragte Pasqal und deutete auf den Arztbrief.

„Das Übliche. Der Krankheitsverlauf von Dir, das Krankheitsbild, etc.", antwortete Patrick.

„Und welche Prognose gibt man mir? Ein Monat? Zwei?"

„Hat man dir das nicht gesagt?"

„Nein, und das weißt du auch!"

„Woher sollte ich das denn wissen?"

„Du machst das ja nicht zum ersten Mal, oder?", fragte Pasqal.

„Sicherlich nicht."

„Und jetzt versuchst du das Thema zu umgehen."

„Welches Thema?" fragte Patrick, der aber schon genau wusste, was Pasqal meint.

„Das Thema, um welches du dich drückst!"

„Meinst du, wann Du stirbst?", fragte Patrick jetzt in die Offensive vorgehend.

„Ja, genau das Thema".

„Nun ja, wenn es dir ein Bedürfnis ist darüber zu sprechen, können wir gerne sprechen!"

„Nein, ist es nicht. Aber bei den meisten Anderen ist es ein Thema!", gab Pasqal als Antwort zurück.

„Nun ja, eigentlich hast du das Thema ja auf den Punkt gebracht!"

„Ist dir eigentlich schon mal aufgefallen, dass du die letzten Sätze immer mit einem „Nun ja" eingeleitet hast?"

„Und was schlussfolgerst du daraus?", fragte Patrick erstaunt.

„Das du nach Ausflüchten suchst, um ein ungezwungenes Gespräch mit mir zu führen, aber eben nicht über das leidige Thema!"

„Na du musst es ja wissen!"

„Ist es nicht ein Teil Eurer Ausbildung, mit dem Patienten so unpersönlich wie möglich, aber so persönlich wie nötig zu sprechen?", fragte Pasqal.

Patrick erkannte, dass Pasqal fast wortgleich einen Satz aus „Memorix", einem kleinen Taschenbuch für Notfallmedizin zitierte.

„Wo hast du das denn her?", fragte er ungläubig.

„Steht in deinem kleinen Notfallbuch, was rechts oben in deiner Jacke steckt!", antwortete Pasqal und deutete auf die Ausbeulung in Patricks Rettungsdienstjacke. Pasqal hatte im Krankenhaus den schwarzen Einband des Memorix aus Patricks Jacke raus blitzen sehen. Viele Rettungsdienstler trugen dieses kleine Buch bei sich und Pasqal hatte es schon öfter gesehen und sich dann bei einem Arzt mal ausgeliehen und gelesen.

„Du interessierst dich für Notfallmedizin?"

„Ich interessiere mich für viele Dinge!", antwortete Pasqal, der auf das Sauerstoffgerät sah, welches vor sich hin blubberte. „Mir bleibt nun mal nicht allzu lange Zeit, und so muss ich vieles aufnehmen, was ich noch mitnehmen kann, bevor ich das Zeitliche segne. Und somit wären wir auch wieder bei dem leidigen Thema von eben!"

„Was im Bereich der Notfallmedizin interessiert dich denn besonders, um mal wieder vom leidigen Thema abzulenken?!", fragte Patrick mit einem Grinsen im Gesicht.

„Es muss recht interessant sein, mit den verschiedenen Notfällen zu tun zu haben. Und in meiner Lage macht man sich da besonders Gedanken darüber!".

„Wieso reitest du so auf dem Thema rum und damit, dass du bald sterben könntest?", ging Patrick in die Offensive.

„Sehr nett, ein Konjunktiv hinter dem Wort „sterben" zu verwenden! Aber wir sollten bei der Realität bleiben und somit sollten wir das „könnte" durch ein „muss" ersetzen. Aber bevor ich deine Frage beantworte, stelle ich eine Gegenfrage: Warum versucht ihr ein Geheimnis daraus zu machen?"

„Mache ich gar nicht. Und außerdem beantwortet man keine Frage mit einer Gegenfrage!", antwortete Patrick, der mittlerweile das Protokoll zur Seite gelegt hatte, ein wenig verärgert.

„Na hoppla?! Habe ich dich jetzt auf dem falschen Fuß erwischt?"

„Glaubst du wirklich?", fragte Patrick.

„Ich dachte, man beantwortet keine Frage mit einer Gegenfrage!", konterte Pasqal.

„Das war eine rhetorische Frage!"

„Aber eine Frage!", grinste Pasqal.

„Du hast nicht viele Freunde, oder?", fragte Patrick provokant.

„Ist das wichtig, wie viele Freunde man hat? Oder ist es nicht vielmehr wichtig, wie wert- und gehaltvoll die Freundschaften sind?", gab Pasqal von sich.

„Hast du auch eine eigene Meinung dazu oder zitierst du nur gerne das, was du gelesen hast?" kommentierte Patrick, der das Zitat aus einem Roman von Arthur Hailey kannte.

„Na, wenn das mal kein Zitat aus „Good Will Hunting" war.", kommentierte Pasqal.

„Du kennst „Good Will Hunting"?", fragte Patrick, zu dessen Lieblingsfilmen *Good Will Hunting* zählte.

„War das jetzt auch eine rhetorische Frage? Denn wenn ich das Zitat daraus kenne, muss ich ja wohl auch den Film kennen!", gab Pasqal altklug von sich.

„Nicht ganz! Nur weil ich die Szene kenne, in der Leonardo di Caprio auf den Sprossen der Schiffsabsperrung hängt und schreit „Ich bin der König der Welt", muss ich nicht den ganzen Film kennen. Oder?"

„Das ist ja auch ein Klassiker, der überall zitiert wird!", konterte Pasqal.

„Da stellt man sich doch die Frage, ab wann ein Film zum Klassiker wird und wer das zu entscheiden hat, oder? Geht man nach der Anzahl der Oscars, dann war Good Will Hunting ein Flop!", entgegnete Pasqal.

„Moment mal!", insistierte Patrick. „Good Will Hunting hat einen Oscar erhalten!".

„Ja, aber nur Matt Damon und Ben Affleck für das Drehbuch. Aber vielleicht sollte man Klassiker auch nach dem Budget des Films beurteilen. Dann wäre Titanic ebenfalls ein Klassiker!".

„Das ist ja überhaupt nicht zu vergleichen. Denn immerhin war die Ausstattung bei Titanic eine andere!"

„Für die es im Übrigen auch einen Oscar gab!", warf Pasqal ein.

„Bist wohl ein Titanic-Fan?"

„Nö, ich finde den Film völlig überbewertet und Leonardo Di Caprio war in „This Boys Life" wesentlich besser!"

„Ja, aber nur durch das Zusammenspiel mit Robert De Niro!", kommentierte Patrick.

„Quatsch! Leonardo hat Robert an die Wand gespielt! Ein gutes Zusammenspiel zweier Schauerspieler sah man in „Heat" mit Al Pacino!"

„Die Szene im Café?", fragte Patrick.

„Genau! Das hatte ein wenig von..." Pasqal überlegte.

„Von High Noon?", warf Patrick ein.

„Genau, das war es, was ich suchte."

„Woher kennst du so viele Filme?" fragte Patrick.

„Ungeschickte Überleitung! Denn jetzt sind wir wieder bei dem leidigen Thema. Ich hatte viel Zeit in Krankenhäusern."

„Vielleicht wollte ich ja auf das Thema wieder kommen?", konterte Patrick.

„Glaube ich nicht, denn dazu hättest du ja meine Antwort kennen müssen!".

„Die nicht sonderlich schwer zu erraten war!", warf Patrick ein.

„Mag sein, dennoch könntest du eben einen Fehler gemacht haben und willst es einfach nicht zugeben?"

„Glaubst du?", fragte Patrick mit einem Grinsen auf dem Gesicht.

„Ich liege zwar hier auf der Trage, aber nicht auf der Couch und du bist nicht mein Psychoanalytiker!"

„Psychoanalytiker werden überbewertet!" gab Patrick als Antwort zurück.

„Freundschaften auch!"

„Geschickte Überleitung!" grinste Patrick. Pasqal grinste zurück.

„Und wie viele Freunde hast du?", fragte diesmal nun Pasqal.

„Ich dachte, der Gehalt einer Freundschaft sei wichtig und nicht die Anzahl?", kommentierte Patrick die Frage von Pasqal.

„Das gilt für Menschen, die sich Gedanken darüber machen mussten, weil sie einen Schicksalsschlag erlitten!"

„Wer sagt dir, dass ich mir nicht darüber Gedanken gemacht habe?" fragte Patrick.

„Niemand. Aber du hast mir gerade die Antwort darauf gegeben!".

„Und nun glaubst du alles über mich zu wissen?

„Nö, aber ich weiß mehr über dich, als du glaubst!" antwortete Pasqal sichtlich amüsiert.

„Ach ja?", fragte Patrick etwas verwundert.

„Ich weiß zum Beispiel, dass Jennifer und du entweder noch zusammen seid oder es zumindest mal wart!"

„Und woran machst du das fest?

„Ich habe euch im Fahrstuhl beobachtet! Es ist die Art, wie ihr euch anseht!".

„Schnellmerker!", antwortete Patrick und legte nun auch den Arztbrief zur Seite.

„Deine Körpersprache verrät viel. Jetzt zum Beispiel hast du die Papiere zur Seite gelegt, weil du dich ertappt fühlst!", erwiderte Pasqal.

„Du analysierst gerne Menschen, nicht wahr?!"

„Machen wir das nicht alle, mehr oder weniger? Die Frage ist nur, was man daraus schlussfolgert!"

„Kann aber auch zu voreiligen Schlüssen führen!" warf Patrick ein.

„Deswegen frage ich ja nach!"

„Und dennoch hast du dir schon ein Urteil über mich gebildet!"

„Nein, es erleichtert mir nur die Entscheidung, ob ich dich interessant finde!", antwortete Pasqal, der sich jetzt auf der Trage ein wenig mehr zu Patrick drehte.

„Also findest du mich interessant?"

„Nicht interessanter, als du mich findest!"

„Wieso sollte ich dich interessant finden?" fragte Patrick.

„Weil es nicht viele 11-jährige gibt, mit denen du dich über Filme oder sonst was unterhältst!"

„Wie zum Beispiel das Thema Freundschaft?"

„Geschickte Überleitung zum Thema!" Pasqal grinste. „Also, wie gehaltvoll sind deine Freundschaften?"

„Die, die ich habe, sind sehr gehaltvoll!", grinste Patrick zurück.

„Also hast du nur wenige Freunde?!" kombinierte Pasqal.

„Stimmt. Aber die langen auch. Denn Freundschaften muss man pflegen und außerdem entstehen Freundschaften über einen langen Zeitraum, aber sie können auch ganz schnell zerbrechen!". Das wusste Patrick nur zu gut. Während seiner Inhaftierung hatte er so manche Freundschaften verloren, die über Jahre bestanden. „Und wie sieht es mit deinen Freunden aus?"

„Ich glaube, ich habe keine Freunde!", antwortete Pasqal recht nüchtern.

„Das ist aber traurig. Wolltest du keine oder hattest du nie welche?"

„Ich hatte schon ein paar Freunde. Aber dadurch, dass ich immer so lange im Krankenhaus war, hielten die Freundschaften nicht lange. Die hatten besseres zu tun, als mich den ganzen Tag in der Klinik zu besuchen! Alleine jetzt war ich wieder neun Monate in der Klinik. Das ist eine lange Zeit!"

Patrick wusste, dass dies eine lange Zeit war. Neun Monate. Das war genau die Zeit, in der Patrick in einer Einzelzelle nach seinem Selbstmordversuch gelegen hatte. Disziplinarmaßnahmen hatte man ihm vorausgesagt und vollzogen. Kein Fernseher, kein Radio, nur Bücher. Auch ihm blieb damals nichts anderes übrig als zu lesen. Eigentlich hatte er mit seinem Leben abgeschlossen. Damals, als Melinda ihn einmal am Anfang im Gefängnis besuchte, und ihm klar machte, dass es vorbei sei. „Bekomme doch erst mal dein Leben in den Griff!" hatte sie zu ihm gesagt. Und sie hatte Recht. Wie mit vielen Dingen, die sie so sagte, so nebenher. „Alles wird gut!" war ihr Lebensmotto. Diese drei Worte waren es, die ihm damals wieder Mut gaben, nach seinem Selbstmordversuch. Ganze neun Monate hatte er gebraucht, um über den weiteren Tiefschlag in seinem Leben hinweg zu kommen. Darüber, dass er alles verloren hatte. Melinda, seine Familie, sein Wohnung, einfach alles.

„Man ist nie vorbereitet!" hörte Patrick Pasqal sagen.

„Auf was ist man nie vorbereitet?" fragte Patrick, der glaubte, Pasqal könne Gedanken lesen.

„Auf den berühmten Schicksalsschlag!" antwortete Pasqal, der seine Beine in Position brachte, auf denen immer noch der Perfursor lag. „Als Profi-Abnippler weiß ich so was!"

„Warte, wir hängen das Gerät an die Wand!", sagte Patrick und nahm den Perfursor von Pasqals Beinen.

„Du machst das nicht hauptberuflich, oder?" fragte Pasqal.

„Den Job hier? Wie kommst du darauf? Nein, ich mache das nebenberuflich!", antwortete Patrick, der sich wieder im Betreuerstuhl nieder ließ.

„Was machst du hauptberuflich?"

„Ich bin Architekt."

„Und was genau baust Du?", fragte Pasqal neugierig.

„Wir haben uns auf Industriebauten spezialisiert." Unterdessen schaute Jennifer von vorne in den Patientenraum durch das kleine Sichtfenster.

„Patrick?"

„Ja?", antwortete Patrick.

„Ich fahre hier mal auf die Raststätte raus. Muss mal für kleine Mädchen!". Sie waren mittlerweile etwa 50 km weit gekommen und kurz vor Ingolstadt. Das war angesichts der Strecke nicht sonderlich weit, allerdings konnten sie mit einem Rettungswagen max. 80 Stundenkilometer zurücklegen, da sie gewichtsmäßig mit einem LKW vergleichbar waren.

„Hast du von der Klinik was zu essen bekommen?", fragte Patrick Pasqal, der mittlerweile wieder dabei war, auf den Alarmknopf des Perfursors zu drücken, da der Alarm wieder losgegangen war.

„Ja, außerdem habe ich das Lunchpaket hier bekommen!", antwortete Pasqal und holte aus seiner Jacke ein Paket hervor.

Jennifer fuhr auf den Parkplatz der Raststätte, stieg aus und ging in das graue Backsteinhaus, wo sich die Toiletten befanden. Den Schlüssel ließ sie stecken, schaltete aber den Motor aus und man konnte durch das kleine Fenster die Musik im Fahrerhaus hören. Es war „Love is all I need" von Kristian Leontiou.

Come the evening in the silence,
it will always try to catch you in a moment.
I recall the time I tried to,
Understand the pain of angels

Hear me cry

Deep into the field of ashes,
Broken feelings I remember,
Pull me under.

Steal the covers as the dust falls,
Empty moments leave me restless.

Hear me cry
Love is all I need

There above a twisted skyline,
Seamless rumours I remember,
Seem to linger.

Up ahead a sea of faces,
Start to cream a different story.

Hear me cry

Kapitel Zehn

Nachdem Jennifer auf Toilette gegangen war, ging sie in den Verkaufsraum der Raststätte, um sich noch einen Kaffee zu holen. Während der Fahrt hatte sie das Gespräch zwischen Pasqal und Patrick teilweise mithören können. Auch sie war erstaunt über diesen kleinen Jungen, der so ungezwungen und fast schon weise über das Leben philosophierte. Da ist er ja genau an den Richtigen geraten, dachte Jennifer. Patrick hatte für sein Alter schon eine Menge Lebenserfahrung. Aus der Zeit der Beziehung mit Patrick wusste sie, was dieser in seinem Leben schon erlebt hatte. Er hatte keine einfache Kindheit gehabt. Sein Vater war verstorben, als Patrick gerade mal neun Jahre alt gewesen war. Mit seiner Mutter hatte sich Jennifer einmal getroffen, während Patricks Gefängnisaufenthalt. Dabei hatten sie sich mehrere Stunden über Patrick unterhalten und Jennifer hatte dabei noch viel mehr Informationen über Patrick erhalten. Von dem Treffen selbst wusste Patrick bis heute nichts.

Nachdem Jennifer erfahren hatte, dass Patrick ein Doppelleben führte, wollte sie genaueres wissen. Während der Beziehung zu Patrick, war er es immer gewesen, der ein Treffen mit Familie, etc. hinausgeschoben hatte. Im Nachhinein war ihr der Grund damals klar geworden. Seine Mutter wusste zwar von Jill, aber eben nichts von Jennifer. Auch vor seiner Mutter, Doris, führte er ein Doppelleben. Erst im Gespräch mit ihr erfuhr Jennifer, dass sich Patrick von der Familie quasi abgekapselt hatte. Er hatte eine neue Welt geschaffen, die außerhalb der Familie stattfand. Seit seinem Auszug, als er neunzehn Jahre alt gewesen war, hatte seine Mutter den Kontakt zu ihm verloren. Sicherlich trafen sie sich hin und wieder, aber sie kam nicht wirklich an ihn heran. Schon immer vermutete sie, dass er Schwierigkeiten haben könnte, aber so richtig festmachen konnte sie es wiederum auch nicht. Patrick war erfolgreich in seinem Job und seine Mutter verstand nichts von dem, was er ihr über den Job erzählte. Aber dennoch war ihr das Verhalten von Patrick suspekt gewesen. Als Patrick in Haft kam, war seine Mutter enttäuscht und verzweifelt. Anfangs hatte sie Zweifel, ob sie etwas an Patrick's Entwicklung hätte ändern können, stellte aber recht bald fest, dass es unmöglich gewesen wäre irgendetwas zu ändern. In dem Gespräch mit Jennifer erfuhr Doris mehr von Patrick, den sie so nicht kannte. Jennifer hatte damals jemanden gebraucht, mit dem sie über Patrick reden konnte. Jemanden, der Patrick kannte, bevor er ein Doppelleben führte. Mittlerweile telefonierten Doris und Jennifer regelmäßig miteinander, wovon Patrick auch nichts wusste. Anfangs war Patrick immer das Gesprächsthema gewesen. Jennifer hatte vor ein paar Jahren erfahren, dass Patrick entlassen wurde und seitdem ein neues Leben angefangen hatte. Es freute sie zu hören, dass er sein Leben wieder in die richtige Bahn gelenkt hatte. Aber dennoch war der Schmerz, den er ihr damals zugefügt hatte einfach zu groß, als dass sie mit ihm wieder Kontakt haben wollte. Ihre Gefühle zu ihm ließen mit der Zeit nach und irgendwann verliebte sie sich in Christoph, der Patrick in gewisser Weise ähnelte.

Jennifer ging zurück zum RTW und stieg hinten in den Patientenraum ein. Für Pasqal hatte sie ein Überraschungs-Ei gekauft.

„Da! Habe ich dir mitgebracht!", sagte Jennifer und überreichte ihm das Ü-Ei.

„Cool, danke! Du bist ja eine Nette!", sagte Pasqal und freute sich sichtlich über das Ü-Ei.

„Und ich?", fragte Patrick mit einem Lachen im Gesicht.

„Du warst nicht nett!", sagte Jennifer und sah in scharf an. Patrick deutete einen Schmollmund an.

Pasqal packte sein Ü-Ei aus und öffnete direkt die gelbe Dose.

„Kannst meine Schokolade haben. Ich will sowieso nur die

Überraschung haben. Schokolade habe ich genug!", bot ihm Pasqal an.

„Ätsch!" sagte Patrick zu Jennifer und streckte ihr zum Spaß die Zunge raus.

„Männer!", spottete Jennifer und stieg wieder aus dem RTW aus, um weiter zu fahren.

„Und? Was ist nun?" fragte Pasqal.

„Was ist was?", fragte Patrick, der den Zusammenhang der Frage nicht verstand.

„Du und Jennifer! Habt ihr Krach?"

„Ach Quatsch, alles bestens!" log Patrick.

„Ach ja? Dann habt ihr aber eine komische Beziehung, du und Jennifer!", gab Pasqal als Antwort wider.

„Wir haben gar keine Beziehung!"

„Aber ihr hattet mal eine!?"

Patrick zog derweil seine Jacke aus und hing sie über den Holm der Trage.

„Und wenn es so wäre, dann würde es dich nichts angehen!"

„Aha!", sagte Pasqal abwartend.

„Vergiss es!", antwortete Patrick, der auf die plumpen Manipulationsversuche von Pasqal nicht rein fiel.

„Ich soll was vergessen?", fragte Pasqal, der ein wenig überrascht über Patricks Reaktion war.

„Das weißt du genau!"

„Na dann. Ich finde es nur merkwürdig. Da stehen zwei Menschen im Aufzug und schauen sich gegenseitig an, als wüssten sie alles voneinander. Und zwei Stunden später sagt die eine Person „Du warst nicht nett!" und bringt der anderen Person eben kein Ü-Ei mit."

„Wir sind nur Kollegen!"

„Soso, nur „Kollegen"!", antwortete Pasqal und deutete die Gänsefüßchen mit den Fingern an.

„Vielleicht hatten wir auch nur eine dienstliche Meinungsverschiedenheit!", versuchte Patrick gegen zu argumentieren.

„Wie lange seid ihr heute schon im Dienst?"

„Du bist unser erster Einsatz heute!"

„Na sowas!", kombinierte Pasqal. „Der erste Einsatz und schon eine Meinungsverschiedenheit?! Dann legt ihr aber eine Menge Leidenschaft in euren Job!", grinste Pasqal.

„Ok, vielleicht waren wir mal ein Paar." gab sich Patrick geschlagen.

„Das herauszubekommen war keine Schwierigkeit. Viel schwieriger ist es zu erfahren, warum ihr es nicht mehr seid! Da Jennifer gesagt hat, dass DU nicht nett warst, gehe ich davon aus, dass du Mist gebaut hast. Also schätze ich mal, dass eine andere Frau im Spiel war!"

Patrick ärgerte sich, dass der Kleine so schnell den Nagel auf den Punkt getroffen hatte. Pasqal hatte einen messerscharfen Verstand und wusste ihn zu nutzen. Aber so gut war er auch nicht. Patrick bemerkte, dass Pasqal letztendlich nur von seinen Problemen ablenkte.

„Analysierst du nur andere Menschen oder hin und wieder auch dich?", fragte Patrick.

„Mich brauche ich nicht zu analysieren, ich kenne mich ja!"

„Meinst du wirklich?", fragte Patrick provokant.

„Ja, sicher. Ich muss ja wissen, wer ich bin!"

„Es gibt Menschen, die brauchen Jahre um sich selbst kennen zu lernen!", gab Patrick als Antwort.

„Das mag sein, aber ich musste mich ja schon zwangsläufig wegen meiner Krankheit mit mir auseinander setzen!"

„Schiebst du immer deine Krankheit als Vorwand vor?", fragte Patrick, um ihn aus der Reserve zu locken.

Pasqal baute währenddessen den Bagger zusammen, den er aus dem Ei hatte.

„Nein, und ich hatte ja auch ein Leben vor meiner Krankheit!"

„Aber kaum eines, in dem du über Leben und Tod nachdenken musstest, oder?"

„Vielleicht doch...", Pasqal stockte, gab sich aber betont gelassen. „Mein Vater ist gestorben, als ich 10 war."

„Woran ist er gestorben?", fragte Patrick, der sich ebenfalls betont gelassen gab.

„Er wurde im Dienst erschossen. Er war Polizist."

„Und Du? Wolltest du auch Polizist werden?"

Pasqal schob den Bagger quer über sein Bein, um ihn zu testen.

„Nö, viel zu stressig. Außerdem der Schichtdienst. Da hat man keine Zeit für die Familie!"

„Mein Vater ist auch gestorben, als ich klein war. Damals war ich neun Jahre alt.", sagte Patrick, um Pasqal ein Gefühl des Vertrauens zu geben.

„Vermisst du ihn heute noch?", fragte Pasqal. Der Blick in seinen Augen wurde trauriger.

„Selbstverständlich. Jeden Tag. Noch heute."

„Und was ist mit deiner Mutter? Wie kommt sie damit zurecht?", fragte Pasqal, der dabei an seine Mutter dachte.

„Wie kommt denn deine Mutter damit zurecht?", antwortete Patrick, der auf Pasqal lenken wollte.

„Ich glaube, sie ist sehr traurig. Manchmal höre ich sie nachts weinen."

„Hast du ihr gesagt, dass du sie nachts weinen hörst?"

„Sollte ich das?" fragte Pasqal erschrocken.

„Das weiß ich nicht. Aber manchmal ist es besser, wenn man einen Schmerz teilen kann."

„Ich habe versucht mich um sie zu kümmern!", gab Pasqal fast schon entschuldigend als Antwort.

„Das ist aber nicht dein Job!". Auch Patrick hatte sich früher um seine leibliche Mutter gekümmert. Er hatte sie fast täglich in der psychiatrischen Klinik besucht.

„Ja, aber sie kommt ohne mich nicht zurecht!", erwiderte

Pasqal.

Auch Patrick hatte dies als Kind geglaubt und damals schreckliche Schuldgefühle. Er konnte sich in den kleinen Pasqal hinein versetzen.

„Vielleicht aber doch. Sie hatte ja gar nicht die Möglichkeit das alleine zu bewältigen, wenn du sofort da warst, wenn sie Hilfe brauchte.", gab er Pasqal als Hinweis. Der Gesichtsausdruck in Pasqals Gesicht wurde zunehmend trauriger. Er überlegte und erhoffte sich einen Rat von Patrick.

„Kommt deine Mutter mittlerweile damit zurecht?"

Patrick überlegte, was er antworten sollte. Immerhin war seine Mutter nach dem Tod seines Vaters direkt in die psychiatrische Klinik eingewiesen worden, weil sie es eben nicht alleine schaffte. Sie war überfordert und in tiefe Depressionen verfallen.

Eine Stille entstand. Nur das Fahrgeräusch des RTW war zu hören. Im Hintergrund lief aus dem Fahrerhäuschen Musik aus dem Radio. Ganz leise konnte man „Mercy Street" von Peter Gabriel hören.

Confessing all the secret things
in the warm velvet box,
to the priest - he's the doctor,
he can handle the shocks.

Dreaming of the tenderness,
the tremble in the hips,
of kissing Mary's lips

Dreaming of mercy street
wear your inside is out.
Dreaming of mercy
in your daddy's arms again.

Dreaming of mercy street
'swear they moved that sign.
Looking for mercy
in your daddy's arms.

mercy, mercy, looking for mercy.
mercy, mercy, looking for mercy.

„Nein, meine Mutter kam nicht damit zurecht."

Patrick dachte über seine Antwort nach. War es klug Pasqal die Wahrheit zu sagen? Möglicherweise machte ihm die Antwort Angst, weil er einen Vergleich zwischen seiner und Patricks Mutter ziehen könnte. Auch Patrick hatte sich früher oft gefragt, ob er mehr hätte für seine Mutter tun können.

„Hättest du es verhindern können?", fragte Pasqal, als ob er Patricks Gedanken hatte lesen können.

Auch Patrick hatte sich diese Frage öfter gestellt. Wäre vielleicht alles anders gekommen, wenn er sich nicht mit dreizehn Jahren entschieden hätte, bei seinen Pflegeeltern zu bleiben. Eine von vielen Entscheidungen, die er in seinem Leben treffen musste. Und nicht immer hatte er die richtige Entscheidung getroffen. Auf der anderen Seite fragte sich Patrick auch, was überhaupt eine richtige Entscheidung sei. Wer hatte darüber zu bestimmen, bzw. zu entscheiden? Wann war eine Entscheidung richtig? Wann war eine Entscheidung falsch? Kann man vom sogenannten rechten Weg abkommen, oder gibt es viele Richtungen, die ebenfalls richtig sein können?

Ein paar Jahre waren nun vergangen, nachdem er in der JVA die Entscheidung traf, ein neues Leben zu beginnen und sich nicht das Leben zu nehmen, wie er es ursprünglich vorhatte. Jahre, in denen er alles neu aufbauen musste, was er sich in 30 Jahren zuvor aufgebaut hatte. Wie oft schon hatte er sich innerhalb der Gefängnismauern gewünscht, er könne die Zeit zurückdrehen und eine neue – eine andere Entscheidung treffen. Damals hatte er mit seinem Leben eigentlich abgeschlossen, weil er alles verloren hatte. Er lebte vollkommen isoliert im Gefängnis, ging nicht in die einstündige Hofstunde, nicht zum „Umschluss" in andere Zellen, um sich mit anderen Gefangenen auszutauschen. Keiner kannte ihn. Lediglich zum Duschen verließ er seine Zelle für zehn Minuten. Jeglichen zwischenmenschlichen Kontakt brach er ab. Seine Mutter, Doris, schrieb ihm hin und wieder, um von ihm irgendwelche Informationen zu bekommen. Keiner wusste, wie lange er einsitzen würde und was überhaupt genau passiert war. Melinda brach den Kontakt ab und Patrick versank ins Bodenlose. Seine Haare ließ er wachsen, rasierte sich nicht und sah nach mehreren Monaten so verändert aus, dass ihn nicht mal seine Mutter bei der darauf folgenden Gerichtsverhandlung wieder erkannte. Er schaffte sich seine eigene Welt innerhalb seiner Zelle, die karg ausgestattet war. Lediglich eine Pritsche, ein Tisch und ein Stuhl waren zu sehen. Innerhalb dieser acht Quadratmeter konnte ihm keiner was anhaben. Seine Aussicht aus dem vergitterten Fenster war begrenzt durch eine hohe, graue Mauer. Lediglich die Spitzen der umliegenden Hochhäuser konnte er sehen. Hin und wieder ein Flugzeug, welches von Frankfurt kam oder aus Frankfurt weg flog. Wie oft hatte er sich gewünscht ebenfalls fliegen zu können. Er wäre weg geflogen aus dem Gefängnis. Weg geflogen aus dem tristen Gefängnisalltag, weg von den erdrückenden Gedanken, die ihn Tag für Tag quälten. Gedanken an Melinda, Gedanken an frühere Zeiten, Gedanken an das „wenn" und „hätte". 24 Stunden lang quälten ihn diese Gedanken, in denen er sich mit sich und dem was er getan hatte auseinander setzen musste. 24 Stunden täglich, in denen er sich mit den Konsequenzen einer Entscheidung auseinander setzen musste.

Zu den quälenden Gedanken kamen die Umstände innerhalb der JVA hinzu. Patrick merkte recht schnell, dass es weniger der Freiheitsentzug ist, der ihm zu schaffen machte, sondern vielmehr die aufgezwungene Umgebung, die Gesellschaft, das Umfeld. Alles war reglementiert. Die Duschzeiten, das Essen, die Bewegungsfreiheit. In der Hofstunde selber hatten die Gefangenen die Möglichkeit in einem Hof, der mit Stacheldraht und meterhohen Zäunen umringt waren, in einem Kreis zu laufen. Die Gewaltbereitschaft der Mitgefangenen war sehr hoch und bedingt durch die fehlende Anwesenheit mehrerer Beamte, kam es gerade in der Hofstunde sehr oft zu Schlägereien, Erpressungen und Gewaltandrohungen. Die meisten Gefangenen saßen wegen Drogendelikten oder Beschaffungskriminalität ein. Eine abgeschlossene Berufsausbildung hatten die wenigsten und der Anteil der Russen war immens hoch. Gruppierungen nach Herkunftsland ergaben sich automatisch und so standen in der einen Ecke die Russen, in einer anderen Ecke die Türken. Die vereinzelten deutschen Insassen bildeten die Ausnahme und liefen meist als Einzelgänger durch den Hof. In der ersten Zeit seines Aufenthalts im geschlossenen Vollzug war Patrick regelrecht lethargisch. Unter der Dusche kam es direkt am zweiten Tag zu einem Vorfall, den Patrick lange nicht vergessen sollte. Patrick war gerade unter die Dusche gegangen, als 3 Russen die Dusche betraten. Sie gingen auf Patrick zu und einer von ihnen schlug Patrick unvermittelt ins Gesicht, so dass Patrick direkt zu Boden ging. Die zwei anderen hielten Patrick direkt nach dem er zu Boden gegangen war fest und der erste pisste Patrick ins Gesicht. Patrick war nicht in der Lage sich zu wehren, da er sich und alles um ihn herum aufgegeben hatte. Noch während Patrick am Boden lag, wurde weiter auf Patrick eingetreten. Die Russen ließen nicht locker von ihm. Auf dem nassen Fliesenboden marmorierte das Blut in Richtung Abguss. Die letzten Minuten dieses Vorfalls bekam Patrick kaum mit, da er fast bewusstlos getreten worden war. Sie hoben ihn auf und drückten ihn gegen die Wand. Patricks Gesicht klatschte gegen die Wandfliesen und das Blut verteilte sich zwischen der weißen Fliese und seinem Gesicht.

Von hinten spreizten sie seine Beine und rieben ihm mit einem Stück Seife seinen Hintern ein. An den Rest konnte sich Patrick kaum erinnern.

„Wenn Du irgendwem davon erzählst, machen wir dich fertig, du Wichser!", herrschte ihn einer der Russen an. Patrick kroch nach dem Vorfall zurück in seine Zelle. Kein Beamter hatte etwas mitbekommen und die Russen duschten, als wenn nichts gewesen wäre. Nach diesem Vorfall zog sich Patrick zurück und verharrte in seiner Lethargie. Monatelang verschanzte er sich in seiner Zelle, versuchte sich umzubringen, was durch das zufällige Vorbeikommen eines Beamten verhindert wurde. Danach wurde Patrick in eine Isolierzelle verlegt. Diese Zelle war noch karger ausgestattet, als seine bisherige Zelle. Keine Pritsche, sondern lediglich ein gekachelter Fußboden, auf der einen Matratze lag. Kein Fernseher, kein Rasierer, um einen erneuten Suizidversuch auszuschließen. In der oberen Ecke der Zelle war eine Kamera installiert, so dass Patrick 24 Stunden lang von Beamten beobachtet wurde. Besteck, sowie Tasse zum Trinken waren aus Plastik. Keine persönlichen Gegenstände. Nur die karge Zelle und seine Gedanken. Seine Gedanken um die Konsequenzen seiner Entscheidung.

Nach drei Monaten wurde Patrick wieder in seine alte Zelle verlegt. Noch immer hatte er Angst und befand sich in einer Art Ohnmacht. Duschen durfte er fortan alleine, was ihm nur Recht sein konnte. Kein Kontakt zu irgendeinem Gefangenen. Patrick las jeden Tag mehrere Bücher und beschäftigte sich mit seinen Gedanken. In den drei Monaten seiner Isolierung bekam er einige Briefe von seiner Mutter und einer Bekannten, die sich um ihn sorgte. Nachdem er zurück verlegt wurde, bekam er diese ausgehändigt. Kein Brief von Melinda. Die Erkenntnis, dass Melinda ihn anscheinend vergessen hatte, schmerzte Patrick umso mehr. Wieder sehnte er sich nach der vergangen Zeit zurück und dachte täglich an Melinda. Nach weiteren 3 Monaten bekam Patrick ein Radio ausgehändigt. Es war der erste

Kontakt zur Außenwelt. Die ersten Nachrichten nach insgesamt 6 Monaten. Das erste Lied, welches er hörte, war „Kein Weg zurück" von Wolfsheim.

Immer vorwärts,
Schritt um Schritt,
es gibt kein Weg zurück,
was jetzt ist,
wird nie mehr ungeschehen.

Die Zeit läuft uns davon,
was getan ist, ist getan,
was jetzt ist,
wird nie mehr so geschehen.

Es gibt kein Weg zurück.

Ach´ und könnt´ ich doch,
nur ein einziges Mal,
die Uhren rückwärts drehen
Denn wie viel von dem,
was ich heute weiß,
hätte ich lieber nie gesehen.

Es gibt kein Weg zurück.

Nach monatelanger Lethargie fasste Patrick einen Entschluss und begann nicht mehr an die Vergangenheit zu denken. Nicht mehr an Melinda, nicht mehr an das was war und nicht mehr an die Demütigung, die er damals in der Dusche erfahren hatte. Er wollte nie mehr wieder ein Opfer sein und begann sein Leben neu. Wieder eine Entscheidung, die er treffen musste. Aber genau für diese Entscheidung nahm er sich monatelang Zeit. Am nächsten Morgen ließ sich Patrick einen

Rasierer aushändigen und rasierte seinen Bart, der mittlerweile bis zu den Brustwarzen ging, ab. Er nahm die Konsequenzen, die sich aus seinem Handeln und seiner Straftat ergaben hin und begann sie anzunehmen.

„Hättest du es nun verhindern können?" fragte Pasqal und holte Patrick damit aus seinen Gedanken zurück.

„Nein, ich glaube nicht." antwortete Patrick. „Aber genau das weiß man eben nie. Es hätte auch anders laufen können. Es macht aber keinen Sinn, sich im Nachhinein diese Frage zu stellen. Denn man kann die Zeit nicht zurückdrehen!"

Pasqal dachte über Patricks Antwort nach. Er hatte Recht, dass man im Nachhinein nichts mehr ändern konnte. Aber er hatte ja noch die Möglichkeit was zu ändern. Vielleicht konnte er seiner Mutter doch irgendwie helfen? Vielleicht ließe sich das Schicksal ja doch beeinflussen? Oder war das Schicksal nun doch schon vorgegeben?

Kapitel Elf

Mittlerweile waren sie wieder über eine Stunde gefahren und waren kurz vor der Raststätte Roth. Es war mittlerweile dunkel geworden und die monotone Fahrt mit 80 km/h langweilte Jennifer. Nach der jetzt schon fast dreistündigen Fahrt war sie etwas müde geworden. Sie meldete sich bei der zuständigen Leitstelle an, da sie ihren eigentlichen Funkverkehrsbereich verlassen hatten. Auf einer Fernfahrt wie dieser war es zwar nicht unbedingt die Regel, dass man sich in jedem neuen Funkverkehrsbereich neu anmeldete, aber auch dies hatte Jennifer damals von Patrick gelernt, der ihr beibrachte, dass man sich in jedem Funkverkehrsbereich anmelden sollte, falls es irgendwo zu einem Zwischenfall kommen sollte und somit die zuständige Leitstelle schneller informiert werden könnte. Freundlich und mit ihrem weiblichen Charme gekonnt, setzte sie ihren Funkspruch fort.

„Schönen guten Abend! Der München 1/83-2 befindet sich in Ihrem Funkverkehrsbereich auf der A9 in Höhe Raststätte Roth mit einer Intensiv-Verlegung nach Berlin!".

„A´ recht scheenen guad´ n´ Obend!", schallte es in tief bayerischem Dialekt aus den Lautsprechern.

Jennifer schaute in den Rückspiegel, in dem sie direkt Patricks Grinsen wahrnahm, der sich über die Aussprache des Disponenten amüsierte. Jennifer vernahm das Lächeln, dass ihrer Meinung nach noch immer sehr schön war. Sie wusste, dass dies sein „100.000 Dollar-Lächeln" war, wie er es immer nannte. Und sowohl Patrick, als auch Jennifer wussten, dass es immer funktionierte. Es war quasi sein Kapital. Und noch heute funktionierte es bei Jennifer. Und mit dem zurechtgestutzten Bart von Patrick sah das Lächeln von ihm noch geheimnisvoller aus. Sie begann automatisch zurück zu lächeln, obwohl sie dies eigentlich nicht wollte. Während der ganzen Fahrt war sie ins Grübeln gekommen. Sie hatte gespannt dem Gespräch zwischen Patrick und Pasqal gelauscht. Auch sie hatte sich öfter überlegt, wie ihr Leben verlaufen wäre, wenn sie damals mit Patrick nicht zusammen gekommen wäre. Manches wäre einfacher verlaufen, manches aber auch sicherlich schwieriger. Sie hatte durch ihn ihre Lektion im Leben gelernt. Und auch wenn sie die Hölle nach der Beziehung mit ihm durchgemacht hatte, so hatte es auch sehr schöne Zeiten mit ihm gegeben, die sie im Nachhinein nicht missen wollte.

Ihr Leben war jetzt in einer völlig anderen Bahn verlaufen, als sie es sich vor ein paar Jahren noch hatte vorstellen können. Sie war reifer und erwachsener geworden. Die Zeit mit Patrick war eine Zeit des Wachsens. Mit allen Höhen und Tiefen, die eine Beziehung mit sich brachte. Wie in jeder Beziehung, die sie hatte, lernte sie durch die Beziehung.

Jennifer hielt auf dem Parkplatz der Raststätte, um sich die Beine zu vertreten. Sie lief nach hinten zum Patientenraum und öffnete die hintere Tür. Pasqal grinste ihr schon entgegen und Jennifer lächelte zurück.

„Na, kleiner Mann?!" begrüßte sie ihn

„Hallo, Jennifer!" antwortete Pasqal. „Wo sind wir?"

„Wir sind in Roth! Warst Du schon mal in Roth?"

„Nein, ich glaube nicht", antwortete Pasqal und versuchte aus der Öffnung der Tür einen Blick auf die Landschaft zu erhaschen.

„Hast Du auch nichts verpasst", kommentierte Patrick. „Du kannst dir ruhig die Beine vertreten, wenn du magst!"

Pasqal stand von der Trage auf und wollte gerade nach draußen, als sich der Perfusor, diesmal zu Recht, meldete und anfing zu piepsen.

„Warte mal, ich mache dir das hier ab", ging Jennifer dazwischen und entfernte ihm den Zugang, damit er sich frei bewegen konnte.

Es war mittlerweile dunkel geworden und die Sterne leuchteten am Himmel. Schon sehr lange war Pasqal nicht mehr unter einem freien Himmel gewesen und hatte die Sterne so klar sehen können, wie an diesem Abend. Der Parkplatz auf der Raststätte war wie leer gefegt. Mehrere aus Stein gegossene Tische und Bänke waren rechtwinklig zueinander angeordnet und von einer Empore konnte man auf das Tal in Roth hinab sehen. Die Häuser waren wie in einem Miniaturmodell von innen beleuchtet und aus den Fenstern traten kleine, gelbe Lichtquadrate hinaus. Pasqal setzte sich auf einen der in Stein gegossenen Bänke und genoss die Aussicht auf die Stadt.

„Was glaubt ihr, wie viele Einwohner hat die Stadt da unten?", fragte er.

„Schätzungsweise 5.000 Einwohner" antwortete Patrick.

„Die Zahl wird stimmen, wenn Patrick das sagt", kommentierte Jennifer Patricks Antwort.

„Wow, das ist aber viel!", kommentierte Pasqal erstaunt.

Auf der Raststätte selbst war nur das Fahrgeräusch der umherfahrenden Autos zu hören. Ansonsten war es still. Keiner der drei redete mehr. Auch Jennifer und Patrick hatten sich auf die Bank zu Pasqal gesetzt. Jennifer links von Pasqal und Patrick rechts von Pasqal. Plötzlich piepte Jennifers Handy.

„Manche Dinge ändern sich einfach nie!" kommentierte Patrick die Situation. Pasqal ergänzte: „Man hat wirklich nie seine Ruhe!".

Patrick musste unweigerlich anfangen zu grinsen und dachte dabei an die unzähligen Male, in denen Jennifers Handy während ihrer Beziehung geklingelt hatte. Es war ein Dauerthema zwischen Patrick und Jennifer geworden. Patrick hasste es schon damals, wenn ein Handy nach Feierabend noch klingelte, aber Jennifer machte es schon damals nichts aus. Ungefähr zwanzig Mal am Abend piepte es und Jennifer bekam von unzähligen Menschen eine SMS. Patrick selbst hasste SMS schon immer und empfand sie immer schon als Zeitverschwendung.

Nachdem Pasqal seinen Kommentar platziert hatte, schaute Patrick zur Seite, um Jennifers Reaktion mitzubekommen. Sie schaute Richtung Patrick mit einem Blick, der giftiger nicht hätte sein können. Pasqal registrierte den Blick. Er machte sich so seine Gedanken, was für eine Vergangenheit die beiden miteinander haben könnten, aber er wollte nicht länger nachbohren. Er schaute sich auf dem Rastplatz weiter um. Es war zwar dunkel, aber es war noch nicht kalt. Eine laue Sommernacht durchzog den Rastplatz. Pasqal genoss die Ruhe. Es war lange her, dass er mal wieder draußen war, ohne irgendeine Krankenschwester oder sonstiges Pflegepersonal. Patrick und Jennifer waren zwar dabei, aber mit den beiden war es etwas anderes. Sie schienen nicht so streng zu sein. Pasqal merkte, dass ihm die Luft hier draußen gut tat. Er roch das Gras der benachbarten Wiese, die anscheinend frisch gemäht war. Auf der Wiese verteilt lagen noch die Reste des Mähabfalls, die nicht ordentlich weggeräumt waren. Es roch nach Sommer. Jennifer hatte ihr Telefonat zwischenzeitlich beendet und stieß wieder zu den beiden auf die Bank.

Patrick und Jennifer genossen ebenfalls die Ruhe. Jeder für sich war in Gedanken versunken. Patrick dachte immer noch über die Diskussion nach, die er mit Jennifer in der Küche der Wache geführt hatte. Er schämte sich für sein Verhalten noch immer. Es war sein dunkler Fleck im Leben, der immer wieder irgendwo und irgendwie ans Tageslicht kam. Wie gerne würde er diesen Punkt seines Lebens streichen, aber das ging nicht. Noch immer stellte er sich die Frage, wie es soweit hatte kommen können. Er war doch mal ein Mensch mit Moralvorstellungen gewesen. Und er war es ja jetzt auch wieder geworden. Wie nur hatte er Jennifer so täuschen, sie verletzen können? Während seiner Haftzeit hatte er sich täglich diese Fragen gestellt. Immer wieder überlegt er, warum er sein Leben so in den Sand gesetzt hatte, für Dinge, die im Nachhinein so unbedeutend waren.

What you don't know is a,
that I lie awake,
wishing you were here tonight.
What you don't know,
is that I loved you long before we were
alive.

Cause how would you know,
how could you know.
So now I'm gonna tell you everything.

What you don't know,
is that your scars are beautiful.
What you don't know,
It's your imperfections always makes me
whole.

What you don't know,
is how I spiral down
Cause I can't speak whenever you're around.

What you don't know is a,
that I lie awake,
wishing you were here tonight.
What you don't know,
is that I loved you long before we were
alive.

Cause how would you know, how could you
know.

So now I'm gonna tell you everything.

Aus dem Fahrzeuginnenraum des RTW konnte man ganz leicht die Melodie von Monrose hören. Das Fahrzeug stand etwa 10 Meter von ihnen entfernt, aber um sie herum war es ruhig. Lediglich die Geräusche vorbeifahrender Autos auf der Autobahn waren zu hören, die man aber nach einiger Zeit auch nicht mehr wahrnahm. Auf der Brücke neben der Raststätte sah Pasqal ein Bild mit einem dicken Mann stehen, der gerade 3 Gleisarbeiter beobachtete, die unterhalb einer Brücke arbeiteten. Es erinnerte ihn an eine Stelle in einem Buch, welches er vor kurzem gelesen hatte.

„Stellt euch doch mal vor, der dicke Mann da im Bild auf der Brücke wäre das Einzige, was ihr runter werfen könntet, wenn ein führerloser Waggon auf die drei Gleisarbeiter zu rasen würde. Würdet ihr ihn runter werfen?"

Patrick und Jennifer schauten sich etwas ungläubig an. Beide sahen sie ebenfalls auf dem Bild die drei Gleisarbeiter, die dort unter der Brücke arbeiteten.

„Was meinst du denn damit?" fragte Jennifer weiterhin ungläubig, weil sie nicht glauben wollte, was der kleine Pasqal da gesagt hatte.

„So, wie ich es gesagt habe. Würdest du den Mann runter werfen, wenn es die einzige Möglichkeit wäre, die drei Gleisarbeiter vor dem Tod zu bewahren?"

„Es muss aber eine andere Möglichkeit geben!", antwortete Jennifer.

„Nee, eben nicht! Darauf will er ja hinaus", kommentierte Patrick.

„Natürlich nicht!", beantwortete Jennifer die Frage von Pasqal ganz selbstverständlich und intuitiv.

„Soso!", kommentierte Pasqal die Antwort von Jennifer.

„Was „soso"?", fragt Jennifer.

„Die Antwort hatte ich mir gedacht, denn immerhin hast

du so geantwortet, wie die meisten!", antwortete Pasqal.

„Wieso wie die meisten?", fragte Jennifer, die den Zusammenhang nicht verstand.

„Die Frage wurde von einem Psychologen an der Harvard University etwa 30.000 Menschen gestellt. Fast alle hatten damals mit Nein geantwortet.", antwortete Patrick stellvertretend für Pasqal, der diesen Test kannte.

„Ja, aber er stellte auch noch eine andere Frage", kommentierte Pasqal. „Er fragte auch, was passieren würde, wenn der führerlose Waggon weiterhin auf die drei Gleisarbeiter zufahren würde, man aber diesmal an der Weiche stehen würde, und diese umstellen könnte. Ich sollte vielleicht dazu erwähnen, dass mit der Umstellung der Weiche zwar nicht die drei Gleisarbeiter getötet werden, dafür aber ein anderer Gleisarbeiter, der sich eben auf dem anderen Gleis befindet. Und? Wie würdest Du jetzt entscheiden, Jennifer?"

Jennifer überlegte.

„Selbstverständlich würde ich die Weiche umstellen!", antwortete Jennifer wieder intuitiv.

„Das ist aber merkwürdig! Findest Du nicht?", fragte Pasqal provokant.

„Warum? Wenn ich das Leben von drei Gleisarbeitern retten kann, dann würde ich die Weiche umstellen."

„Dann stirbt aber immer noch der eine Gleisarbeiter, der auf der anderen Schiene ist!", fügte Patrick hinzu.

„Ja, aber dennoch... Ich weiß nicht...", stotterte Jennifer.

„Ist schon ok!", kam ihr Pasqal entgegen. „Die meisten würden die Weiche umstellen. Aber merkwürdig ist es doch schon, oder? Immerhin ist bei beiden Fragen das Ergebnis das Gleiche: ein Mann stirbt!"

Patrick kannte das Ergebnis dieser Umfrage, die der Harvard-Psychologe durchgeführt hatte. In der Tat war das Ergebnis das Gleiche, egal was man machte. Aber es machte einen Unterschied, ob man eine Handlung eben selbst herbeiführte, wie im Falle des heruntergestoßenen Mannes oder ob man eine Situation durch Unterlassen zuließ. Auch Patrick hatte sich die Frage des Öfteren schon gestellt. Im Gefängnis war er zuweilen auf die Frage gestoßen, wenn es darum ging, ob man einen Kinderschänder im Gefängnis drangsalieren sollte, oder nicht. Im Gefängnis gab es strenge Hierarchien, nach denen Straftaten innerhalb des Gefängnisses von den Gefangenen sehr stark bewertet wurden. So standen Gewaltverbrecher, die einen Raub mit der Waffe verübt hatten in der Hierarchie ganz oben, hingegen ein Vergewaltiger sehr weit unten bis hin zu dem Mann, der kleine Kinder missbraucht hatte, der ganz unten in der Hierarchie stand und somit innerhalb des Gefängnisses überhaupt nichts mehr zu melden hatte. Kinderschänder wurden immer recht schnell überführt, da diese auch bei den Beamten ganz unten in der Hierarchie standen und dadurch die einen oder anderen Informationen an manche Gefangene durchdrangen. So kam es immer wieder vor, dass Kinderschänder unter der Dusche fertig gemacht wurden. Patrick war nicht nur einmal Zeuge eines solchen Vorfalls gewesen. Auch Patrick konnte nicht gut heißen, was eben jener Kinderschänder getan hatte. Aber konnte ein Verbrecher den anderen Verbrecher diskreditieren, ja gar die Straftat be- bzw. verurteilen? Immerhin waren sie alle straffällig geworden. Keiner von ihnen hatte sich an die Gesetze gehalten. Wo lag also der Unterschied? Sicherlich erst mal in der Grausamkeit der Tat. Kleine Kinder zum Geschlechtsverkehr zu zwingen war grausam. Aber auf andere Menschen mit einer Waffe zu zielen und dabei Geld zu erpressen war genauso grausam. Wo lag also der Unterschied?

Wie konnte ein Straftäter, der die Moral quasi mit Füssen getreten hatte, über die Moralvorstellungen eines anderen entscheiden? Hatte er überhaupt irgendeine Vorstellung von Moral? Wenn ja, wo fing diese an und wo hörte sie auf? Sollte es nicht eigentlich so sein, dass alle eine gleiche Vorstellung von Moral besitzen sollten? Immerhin war es bei dem Beispiel mit der Brücke bei den meisten Menschen so, dass sie anscheinend die gleiche Vorstellung von Moral teilten. Und dennoch unterschied der Straftäter innerhalb unterschiedlicher Gewichtungen von Moral. Aber unterschied dabei nur der Straftäter? Wohl kaum. Denn immerhin hatte Patrick schon oft erlebt, dass es sehr unterschiedliche Reaktionen gab, wenn er erzählte, dass eben jener Sexualstraftäter unter der Dusche von anderen Gefangenen fast halb totgeschlagen wurde. Die eine Hälfte störte es weniger, die andere Hälfte empfand es zumindest als moralisch fragwürdig. Und auch hier gab es unterschiedliche Reaktionen, je nachdem, wie Patrick die Geschichte erzählte. Erzählte er zum Beispiel, dass der Sexualstraftäter ein mittlerweile alter, gebrechlicher Mann war, der den ganzen Tag in seiner Zelle zitternd saß und jede Nacht weinte, weil er Angst vor anderen Gefangenen hatte, so war die Reaktionen auf den Übergriff durch andere Gefangene meistens die, dass man weniger Verständnis dafür zeigte. Erzählte Patrick die Geschichte hingegen so, dass der Sexualstraftäter ein Mann mittleren Alters war, der sich eigentlich hätte gegen andere behaupten können, so hatten die meisten durchaus mehr Verständnis für den Übergriff durch andere Gefangene. Dennoch hatten beide das Gleiche getan! Beide hatten sie sich der gleichen Straftat schuldig gemacht. Beide hatten sie ein kleines, unschuldiges Kind zu einer sexuellen Handlung gezwungen!

„Hat man denn mal untersucht, warum die Menschen so unterschiedlich reagieren, obwohl in beiden Situationen das Gleiche passiert?", fragte Jennifer, die sich gerade selbst die Frage stellte, ob sie immer die Weiche umstellen würde, oder ob es auch Situationen gäbe, in denen sie den dicken Mann von der Brücke schubsen würde.

„Man hat es zumindest versucht, kam aber auf kein vernünftiges Ergebnis!", antwortete Patrick.

„Nicht ganz richtig", verbesserte Pasqal. „Immerhin konnte man einen Unterschied ausmachen, zwischen Menschen, die einen Hirnschaden haben und Menschen, die keinen Hirnschaden hatten. Denn bei Soziopathen musste der Dicke daran glauben!".

„Bei Soziopathen?" fragte Jennifer ungläubig.

„Ja, also bei den Menschen, die einen offensichtlichen Hirnschaden durch zum Beispiel einen Unfall oder ähnliches hatten!".

„Wie kommt das?", fragte Jennifer, die sich diese These nicht erklären konnte.

„Man hat festgestellt, dass die Moralempfindung bei Menschen anscheinend im vorderen Stirnlappen angesiedelt ist.", antwortete Pasqal, der die Studie noch gut im Kopf hatte. „Aber so einfach ist die Frage dennoch nicht zu beantworten. Denn zwischen dem aktiven runter schubsen und dem passiven Weichen umstellen sind natürlich noch andere Unterschiede!"

Patrick überlegte. In der Tat machte es einen Unterschied. genau wie bei dem Sexualstraftäter. War er sympathisch oder unsympathisch. Hatte man Mitleid mit ihm oder nicht. Zeigte er Reue oder zeigte er keine Reue. Hätte man Christian Klar, dem ehemaligen RAF-Terroristen, begnadigt, wenn er Reue gezeigt hätte? Hätte es einen Unterschied gemacht, aus welchen Motiven heraus er gehandelt hätte?

Wie sah es aus, wenn man selbst betroffen war? Urteilte man anders über den Sexualstraftäter, wenn er die eigene Tochter vergewaltigt hatte? Machte es einen Unterschied, wie alt das Opfer war?

„Lasst uns weiter fahren!" schlug Patrick vor. „Wir haben noch eine weite Strecke vor uns."

„Interessante Frage, die du da gestellt hast!" kommentierte Jennifer und ging mit ihm zum Rettungswagen.

„Nein, interessant ist die Antwort darauf!", kommentierte Pasqal und zwinkerte ihr zu.

Kapitel Zwölf

Patrick stieg in den Fahrerraum des Rettungswagens, um die weitere Strecke zu fahren. Der Sitz, der bis ganz nach vorne eingestellt war rückte er ein Stück nach hinten. Jennifer nahm im Patientenraum bei Pasqal Platz. Patrick schob die kleine Glastür im Zwischenfenster zu, so dass er nur noch die Unterhaltung zwischen Jennifer und Pasqal sehen, aber nicht mehr hören konnte. Er konnte sehen, wie Jennifer zu lächeln begann, während sie sich mit Pasqal unterhielt. Ein Lächeln, welches er schon lange nicht mehr gesehen hatte. Ein Lächeln, welches er auch bei Melinda vermisste. Nie vergessen hatte er das schmerzverzerrte Gesicht von Melinda, als sich das große, graue Tor der JVA schloss. Melinda hatte ihn zum Gefängnis gefahren, als nach vier Monaten Haftaufschub die Haftstrafe unumgänglich war. Noch vor der JVA hatten sie Gelegenheit sich zu verabschieden. Patrick hatte extra noch mal an der Pforte nachgefragt, ob er noch Zeit habe sich von seiner Freundin zu verabschieden. „Kein Problem, lassen Sie sich Zeit!" hatte man ihm verständnisvoll signalisiert. Aber dann schloss sich irgendwann das graue, große Tor unwiderruflich und als ob es sich nie wieder öffnen würde. Nachdem das Tor geschlossen war, war die Welt nicht mehr die, die er mal gekannt hatte. Mit dem Schließen des Tores schloss auch das Leben, welches er bis dahin geführt hatte. Die Regeln im Knast waren andere als draußen. Im Knast war er derjenige, der sich unterordnen musste. Ob bei Beamten oder anderen Gefangenen. Nach dem Vorfall unter der Dusche war sein Leben völlig aus den Fugen geraten. Bei den Beamten kursierte das Gerücht, dass die Russen mal wieder einen Mithäftling vergewaltigt hätten, man wusste aber nicht genau wer es gewesen war. Man nahm an, dass es Patrick sein könnte. Patrick war seit ein paar Tagen erst in der Haft und aufgrund seines bisherigen Werdegangs nicht der typische Knacki, den man so kannte. In den letzten Tagen hatte sich Patrick immer mehr isoliert und so befragte der Sicherheitsbeauftragte der JVA Patrick. Aber aus diesem war nichts herauszubekommen. Patrick wurden Bilder der drei Russen vorgelegt, um sie zu identifizieren. Der Sicherheitsbeauftragte versuchte verständnisvoll auf Patrick einzugehen, aber jeder Versuch einer Zeugenaussage war aussichtslos. Auch unter Androhung von Disziplinarmaßnahmen war aus Patrick nichts rauszubekommen. Patrick verstand in diesem Moment auch gar nicht, warum gerade ihm die Disziplinarmaßnahmen angedroht wurden. Immerhin war er das Opfer. Die Furcht vor der Rache der Russen war allerdings größer als die Furcht vor der Disziplinarmaßnahme.

Man entschied sich dazu Patrick in ein anderes Gefängnis als Schutzmaßnahme zu verlegen. Im neuen Gefängnis angekommen war Patrick noch immer ein Häufchen Elend. Er wurde in einer Isolierzelle untergebracht. Die aufnehmende Beamtin versuchte verständnisvoll zu reagieren, signalisierte aber Patrick im gleichen Moment, dass die nächsten sechs Monate sehr hart für ihn werden würden.

„Der Einkauf, sowie Freizeit sind jetzt erst mal gesperrt! Das Einzige, was sie machen dürfen ist eine Stunde Hofgang pro Tag. Den Rest der Zeit bleiben Sie in der Zelle!", sagte sie ihm. Patrick reagierte überhaupt nicht darauf und schaute sie nur teilnahmslos an. „Das wird kein Zuckerschlecken für Sie!" betonte sie nochmals. Patrick wusste, dass sie ihm misstraute und damit nur andeuten wollte, dass er doch gefälligst die Namen seiner Peiniger preisgeben sollte. Aber dazu war er nicht in der Lage. Er wusste, dass es dadurch zu einem Prozess kommen würde, wo er hätte aussagen sollen. Er wollte nur so schnell wie möglich vergessen, wenn er konnte.

Die nächsten sechs Monate verliefen genau so, wie es ihm die Beamtin angekündigt hatte. Tag aus, Tag ein immer das gleiche Programm. Die Zellentür öffnete sich nur jeweils dann, wenn entweder das Essen vom Hausarbeiter gebracht wurde oder es dreimal die Woche zum Duschen ging. Aufgrund des Vorfalls in der anderen JVA durfte Patrick alleine duschen. Die Tür wurde meist mit harschen Worten wie „Auf geht's, duschen, Leboiré!" geöffnet. Patrick hatte dann genau zehn Minuten Zeit zu duschen und wieder in seiner Zelle zu verschwinden. Danach wurde die Zelle kommentarlos wieder verschlossen. Patrick machte die Nacht zum Tag und den Tag zur Nacht. Während des gesamten Tages versuchte er zu schlafen, um in der Nacht, wenn es relativ ruhig war im Gefängnis, wach zu sein und stumpfsinnig vor sich her zu sinnieren. Er dachte an das Leben draußen, außerhalb der Gefängnismauern. Nacht für Nacht quälten ihn die Gedanken an Melinda. Melinda hatte sich nicht mehr gemeldet. Er war nicht in der Lage ihr Briefe zu schreiben. Die Sozialarbeiterin der JVA gab ihm zu Anfang Bescheid, dass sie Melinda versucht hätte zu erreichen, allerdings war sie unter der von ihm angegebenen Nummer nicht zu erreichen. Patrick wusste nicht, ob Melinda von der Verlegung informiert worden war.

Patrick verbrachte knappe drei Monate in seiner Isolierzelle. Körperlich hatte er sich verändert. Da er kaum Nahrung zu sich genommen hatte, wog er geschätzte fünfzehn Kilo weniger. Sein Gesicht war fahl und seine Augen blutunterlaufen. In der ganzen Zeit hatte er sich nicht rasiert und hatte nun einen Vollbart, sowie lange Haare. Hin und wieder schaute sich Patrick im Spiegel an und bemerkte, dass er zehn Jahre älter aussah. Die Falten um die Augen wurde immer tiefer und der Blick immer starrer. Seine Haut war fast weiß und durch die fehlende Sonneneinstrahlung fast transparent und dünn.

Patrick hatte bis dahin an keiner einzigen Hofstunde teilgenommen. Fast sechs Monate lang war er nun vierundzwanzig Stunden in seiner Zelle gewesen, bis auf die wenigen Ausnahmen zum Duschen. Eines Morgens wachte er auf und fasste einen Entschluss. Nie wieder wollte er Opfer sein und fortan sein Leben selbst bestimmen. Er hatte sich losgesagt von allem was war und beschloss sein Leben in die Hand zu nehmen. Er hatte noch genau 12 Monate Haftzeit vor sich. Die Briefe, die hin und wieder von seiner Mutter kamen stapelten sich auf dem kargen Tisch, auf dem nur die gusseiserne Teekanne stand. Er hatte sie noch nicht geöffnet während all der Zeit. Er nahm die Briefe, öffnete sie der Reihe nach und las sie einem nach dem anderen, ohne eine Miene zu verziehen.

Gegen Nachmittag kam wie üblich die Durchsage zur Hofstunde. Jeder Gefangene war aufgefordert die Ruftaste zu drücken, wenn er an der Hofstunde teilnehmen wollen würde. Patrick drückte zum ersten Mal die Ruftaste. Zehn Minuten später schloss der Beamte die Tür auf.

„Was gibt's?", fragte er barsch.

„Ich möchte an der Hofstunde teilnehmen, wenn's recht ist!", antwortete Patrick, der offensichtlich zum Erstaunen bei dem Beamten beitrug, der sich aber nichts anmerken lassen wollte. Patrick schritt nach draußen und sah sich auf dem Hof um. Knapp 200 Gefangene liefen im Kreis. Wie auch in der anderen JVA hatten sich hier Grüppchen gebildet. Die Russen bildeten dabei die größte Gruppe und versammelten sich um den Brunnen. Es dauerte nicht lange bis Patrick von den anderen Gefangenen bemerkt wurde. Patrick lief seine Runden und schaute straight gerade aus, ganz gleich, was vor ihm lag.

„Ey, du bist doch der Typ aus der Iso?", fragte ihn der erste Russe. Patrick hörte, was er sagte, reagierte aber nicht.

„Ey, ich rede mit dir, Arschloch!", blaffet ihn der Russe an. Patrick lief weiter und reagierte nicht mal ansatzweise auf den Russen. Der Russe lief neben ihm her. Die Nichtbeachtung durch Patrick machte ihn schier rasend.

„Pass auf, du Wichser! Wenn ich mit dir rede, dann hast du gefälligst zu antworten! Hast du kapiert?", herrschte ihn der Russe an und schubst Patrick gegen die Wand. Blitzschnell reagierte Patrick, drehte sich um und drückte den Russen mit einer Hand an seinem Hals gegen die Wand. Dabei packte

Patrick so fest zu, dass der Russe fast keine Luft mehr bekam. Patrick sagte nichts und schaute ihn nur an. Patricks Augen wurden kleiner und sein Blick wurde sehr klar. Seine Augen funkelten, als würden sie andeuten wollen, dass er den Russen umbringen könnte, wenn er wollte. Patrick lies von ihm ab und lief weiter. Keiner der anderen Russen machte Anstalten sich ihm in den Weg zu stellen.

In den nächsten Tagen lief Patrick immer wieder durch den Hof. Keiner versuchte sich ihm in den Weg zu stellen, sondern machte Platz, wenn Patricks Weg einen anderen kreuzte.

Patrick hatte zu keinem Zeitpunkt mehr Angst. Er wusste, dass er fest entschlossen war sein Leben in die Hand zu nehmen. Nichts konnte ihm im Weg stehen. Im Laufe der nächsten Zeit wurde Patrick immer wieder von neuen Häftlingen angesprochen, die Schutz bei ihm suchten, weil sie gehört hatten, dass er es war, der sich den Russen entgegen gestellt hatte. Aber Patrick interessierte das nicht. Jeder der ihn ansprach, bekam die gleiche Reaktion: Ein wortloser Blick, der trotzdem aussagte, dass man ihn besser in Ruhe lassen sollte.

In den nächsten Wochen bekam Patrick einen Job als Müllentsorger. Sein Job bestand darin sämtliche Mülltonnen der JVA zu leeren. Pro Tag waren das in etwa 50 Mülltonnen jeglicher Art. Papiermüll, Plastikmüll und Restmüll, sowie Futtertonnen der Küche. Hier waren alle Essenreste der JVA gesammelt. Üblicherweise ein typischer Job für Kinderschänder, die nicht in Gemeinschaft mit anderen Gefangenen leben konnten. Dies traf bei Patrick zwar nicht zu, weil er wegen Anlagebetrugs einsaß, aber mit anderen Gefangenen konnte er ebenso wenig. Die Beamten waren sich nicht einig darüber, ob man ihm den Job zu seinem Schutz oder zum Schutz anderer Gefangener gegeben hatte. Patrick war es egal. Hierdurch hatte er die Möglichkeit sich etwas dazu zu verdienen, um dann wieder regelmäßig am zweiwöchentlichen Anstaltseinkauf teilnehmen zu können und sich einen Mietfernseher zu leisten.

Patrick schaute in den Rückspiegel. Durch seine Gedanken an die JVA-Zeit hatte er völlig vergessen nach Jennifer und Pasqal zu sehen. Noch immer unterhielten sie sich. Mittlerweile waren sie ein ganzes Stück weitergekommen. Hin und wieder schaute Jennifer in Patricks Rückspiegel. Immer wieder trafen sich ihre Blicke.

Kapitel Dreizehn

Jennifer unterhielt sich jetzt schon eine ganze Weile mit Pasqal. Dieser hatte sehr klare Vorstellungen vom Leben. Sie unterhielten sich über Kinder, die durch den plötzlichen Kindstod starben. Jennifer hatte schon so einige Babys reanimieren müssen, die durch den plötzlichen Kindstod zu Tode gekommen waren. Pasqal war sich sicher, dass auch der Tod eines Babys irgendwo einen Sinn haben müsse.

„Epikur sagt, dass entweder er da ist und der Tod nun mal nicht oder umgekehrt der Tod da sei und dafür wiederum er nicht!", antwortete Pasqal auf die Frage von Jennifer, ob ihm bewusst sei, dass er bald sterben müsse.

„Und was bedeutet das für Dich?", fragte ihn Jennifer.

„Nichts anderes, als das ich mir jetzt um den Tod keine Gedanken machen muss! Ich muss mich um mein Leben jetzt kümmern und nicht um den Tod danach. Der Tod selbst ist für uns ja nicht erfahrbar!", antwortete ihr Pasqal.

„Aber ist der Tod dadurch nicht umso bedrohlicher, wenn man ihn sich nicht vergegenwärtigen kann?"

„Das ist eine Frage des Standpunktes!", antwortete ihr Pasqal. Er fuhr fort: „Ich habe hierzu eine ganze Menge gelesen. Philosophen sehen das sehr rational, weil sie keinen Rückzugspunkt wie die Religion haben. In der Religion hat man den starken Glauben, dass man im Jenseits behütet aufgehoben sein wird. Ein Glaube, der von der Philosophie kaum zu toppen ist."

„Also wäre es besser das Ganze religiös zu betrachten und sich dann keine weiteren Gedanken zu machen?", fragte Jennifer.

„Wie gesagt, das ist eine Frage der Einstellung. Der Tod an sich ist immer erst mal eine anonyme Angelegenheit. Schau Dir doch mal an, wie die Menschen in Krankenhäusern sterben. Da wird nicht groß darüber gesprochen. Derjenige ist dann einfach nicht mehr da und das Thema wird, Achtung!, totgeschwiegen.

Was ist denn der Sinn des Lebens? In aller erster Linie mal der der Fortpflanzung, nicht wahr?! Aber schau dir einfach mal die Tierwelt an. Hier geht es darum sich fortzupflanzen und den eigenen Stammbaum zu erhalten. Tiere stellen sich nicht die Frage nach dem Sinn des Todes. Sie interessieren sich auch nicht für Schwächere. Der Stärkere überlebt und irgendwann ist das Leben zu Ende. Bei Menschen sieht das anders aus. Unsere Evolution sieht vor, dass wir uns Gedanken über den Erhalt des Lebens machen. Wir versuchen zu klonen und versuchen darüber hinaus schon vor der Geburt raus zu finden, ob jemand vererbbare Krankheiten hat oder nicht - Stichwort PID. Alles ist darauf ausgelegt nach dem perfekten Leben zu schauen."

Jennifer schaute Pasqal an. Sie bemerkte, dass er sich mehr Gedanken über das Leben und den Tod machte, als irgendwer, den sie kannte.

„Aber ist das Streben nach Perfektion etwas Gutes?", fragte sie.

„Stell Dir mal vor, man hätte bei meiner Mutter geschaut, ob sie ein gesundes Kind bekommt. Dann wäre ich nie auf der Welt gewesen!", antwortete er und schaut dabei nachdenklich an die Decke des Rettungswagens.

Beide schwiegen für ein paar Minuten.

„Ich bin mir ziemlich sicher, dass so manchen Menschen denken, dass es für meine Mutter die bessere Alternative gewesen wäre, damit sie jetzt nicht mit dem Leid und der Trauer kämpfen muss.", fuhr Pasqal fort.

„Und was denkst du?", fragte Jennifer und schaute dabei traurig.

„Ich denke, dass jeder Mensch, also auch ich, erstmal eine Bereicherung für den Anderen ist. Und somit bin ich auch eine Bereicherung für meine Mutter. Es mag zwar traurig sein für sie im ersten Moment, aber auf Dauer gesehen…"

Jennifer dachte an die unzähligen Menschen, die sie im Laufe ihrer Zeit als Rettungssanitäterin verloren hatte.

„Das stimmt. Wenn ich die Menschen im Laufe meiner Arbeit Revue passieren lasse, dann war keiner dabei, wo ich sagen würde, dass es umsonst war.".

„Genau, denn jeder, egal, wie kurz derjenige auf der Welt war, hat was zum Leben beigetragen. Die einen mehr, die anderen weniger.".

Jennifer schaute wieder in den Rückspiegel und sah Patricks Augen, die konzentriert auf die Straße schauten.

Patrick fuhr jetzt schon geschlagene zwei Stunden am Stück und war müde geworden. Die Autobahn war zwar frei, doch konnte er mit dem Rettungswagen nicht schneller als 100 km/h fahren, was die Fahrt umso eintöniger machte. Im Radio lief „Dieses Leben" von Juli.

Mir ist kalt, der Weg ist leer,
diese Nacht ist grau, kalt und schwer,
sie hält mich fest
und gibt mich nicht mehr her.

Ich bin gefangen
und wach nicht auf,
und die letzten Lichter gehen bald aus,
Ich seh mich fallen,
doch ich geb nicht auf.

Denn ich liebe dieses Leben,
ich liebe den Moment, in dem man fällt,
ich liebe dieses Leben,
ich liebe diesen Tag, ich liebe diese Welt.

Nimm mir die Kraft, nimm mir das Herz,
nimm mir all diese Hoffnung und all den Schmerz,
und gib sie nicht mehr her.

Was soll das sein, wo soll ich hin,
wo sind meine großen Helden hin,
auch wenn wir gehen, weiß ich nicht wohin.

Patrick hatte das Lied jedes Mal laut aufgerissen, wenn es im Radio lief. Es verdeutlichte zum einen seine Verzweiflung und zum anderen die Hoffnung danach wieder neu anfangen zu können. Nächtelang hatte er wach gelegen und geweint, weil er nicht wusste, wie es weiter gehen sollte. Noch heute fuhr er jedes Jahr am gleichen Tag an die Gefängnismauern, um sich zu verdeutlichen, dass er das nie mehr erleben wollte. Zu deutlich wurde ihm im Gefängnis, wie wertvoll das Leben war und wie sehr er es mit Füßen getreten hatte. Gleichzeitig war er dankbar dafür, dass man ihn vor dem Tod bewahrt hatte, den er selbst herbeiführen wollte. Sein Selbstmordversuch wurde mit Disziplinarmaßnahmen bestraft. In einer Isolierzelle hatte man ihn gesteckt, um auszuschließen, dass er sich noch mal etwas antun würde. Patrick war froh am Leben zu sein. Und er würde es nie wieder einfach wegwerfen.

Kapitel Vierzehn

Sie hatten mittlerweile die Raststätte Bayreuth erreicht. Es war tief in der Nacht. Nur noch wenige Autos befanden sich auf der Autobahn. Patrick besorgte für Jennifer und sich einen Kaffee und brachte ihn an den RTW. Jennifer kam heraus und deutete Patrick an, dass Pasqal eingeschlafen war. Sie zog die Tür hinter sich zu und nahm den Kaffee.

„Zwei Stück Zucker, schwarz!", kommentierte Patrick, als er den Kaffee übergab.

„Stimmt! Überrascht mich nicht, dass du das noch weißt. Aufmerksam warst du bei unwichtigen Dingen immer!", schmettere sie es ihm entgegen. Wieder eine Spitze, die sich Jennifer nicht verkneifen konnte.

Sie gingen zu einer Bank nahe dem Rettungswagen und setzten sich. Beide starrten sie in den Himmel und beobachteten den Vollmond, der über ihnen stand. Die Stille beunruhigte Patrick, denn er wusste, dass Jennifer genau da weiter machen würde, wo sie vorhin aufgehört hatten. Patrick schluckte mehrfach und Jennifer hörte es.

„Ich möchte mich…", fing Patrick an, ehe er von Jennifer unterbrochen wurde.

„Lass es!", insistierte sie ohne ihn anzuschauen.

„Was soll ich lassen?", fragte er, da er sich sicher war, dass sie unmöglich wissen konnte, was er vorhatte.

„Dich zu entschuldigen! Für eine Entschuldigung ist es zu spät und bringt auch nichts mehr. Ich weiß, dass es dir leid tut. Ich kenne dich, beziehungsweise ich kannte dich – zumindest in deinem Inneren.", antwortete Jennifer. Noch immer schaute sie in den Himmel und wirkte zugleich völlig ausgeglichen.

„Du weißt aber nicht, warum ich mich bisher nicht entschuldigt habe!", versuchte Patrick die Situation zu erklären.

„Doch, weiß ich. Du wolltest nicht, dass ich mich wieder verletzt fühle. Du wolltest nicht, dass die Sache noch mal hochkocht. Patrick, das ist mir alles klar. Wie gesagt, ich kenne dich."

Patrick war sprachlos. In der Tat hatte er schon unzählige Briefe angefangen, um sich bei ihr zu entschuldigen, warf sie aber immer wieder in den Papierkorb, weil er Bedenken hatte. Immer wieder hatte er das Bedürfnis sich zu entschuldigen, ihr zu sagen, dass es ihm leid tat.

„Du darfst nun mal nicht erwarten, dass ich dir die Absolution erteile. Was du getan hast war mehr als nur scheiße. Du hast nicht nur dein Leben versaut, sondern andere Menschen in Mitleidenschaft gezogen.", kommentierte sie, als könne sie Gedanken lesen.

„Das weiß ich! Aber ich kann es nicht mehr rückgängig machen!", verteidigte er sich.

„Nein, das kannst du wahrlich nicht. Aber darum geht es auch nicht! Es geht darum, dass du erkennst, was du getan hast!", feuerte sie zurück.

„Glaubst du wirklich, dass ich das nicht weiß? Ich habe genug Zeit zum Nachdenken gehabt."

Es wurde still. Weder Jennifer noch er sagten was. Es gab in diesem Moment auch nichts mehr zu sagen. Sie hatte ihrem Ärger Luft gemacht und er wusste nicht, was er darauf entgegnen sollte.

Plötzlich drehte sich Jennifer zu ihm und schaute ihn an. Mit einem klaren Blick sah sie ihm in die Augen. Durch die Laterne neben ihnen sah er ihr Gesicht nur halb.

„Was geschehen ist kann man nicht rückgängig machen! Und ich weiß, dass du von mir erwartest, dass ich dir verzeihe. Aber das kann ich nun mal nicht!", sagte sie.

„Nein, das erwarte ich nicht!", antwortete Patrick, als ihm im gleichen Moment eine Träne die Wange runter kullerte. „Ich weiß, dass ich dir weh getan habe und ich mächtig scheiße gebaut habe.". Patrick drehte sich weg von ihr.

Jennifer stand auf und zündete sich eine Zigarette an. Gerne hätte sie ihm verziehen, aber sie konnte es beim besten Willen nicht. Noch immer spürte sie, dass sie etwas für ihn empfand. Noch immer, nach all den Jahren, war er ihr so vertraut. Aber der Schmerz von damals war immer noch so groß. Jahrelang hatte sie sich gewünscht, dass sie aufwachen würde und alles wäre nur ein böser Traum gewesen. Aber immer wieder wachte sie auf und stellte fest, dass es die nackte Realität war, in der sie sich befand.

„Die Zeit heilt alle Wunden, heißt es so schön, nicht wahr?", fragte sie sich in Gedanken und stellte dabei fest, dass sie es laut ausgesprochen hatte.

„Leider nein", antwortete Patrick, der nur allzu gut wusste, dass dieses Sprichwort leider nicht stimmte.

„Ja, leider!", antwortete Jennifer und trat ihre Zigarette wieder aus. „Lass uns weiter fahren!", stieß es aus Jennifer raus und sie ging Richtung Rettungswagen. Aus dem geöffneten Fenster klangen die letzten Zeilen von „Both Sides" von Phil Collins aus den Deckenlautsprechern.

White Men turns the corner,
Finds himself within a different world.
Ghetto Kid grabs his shoulder,
Throws him up against the wall.
He says: "Would you respect me,
if I didn´t have this gun?
'cause without it,
I don´t get it, and that´s why I carry one!"

We always need to hear both sides of the story.

Kapitel Fünfzehn

Patrick setzte sich auf den Betreuerstuhl neben Pasqal. Pasqal schlief noch immer. Das grelle Licht der Leuchtröhren störte ihn scheinbar nicht. Patrick schaltete das Licht komplett aus. Aus der Luke in der Decke konnte er die sternenklare Nacht sehen. Jennifer hatte das Fahren wieder übernommen, was Patrick nicht ganz unrecht war, da er noch immer ziemlich müde war. Der Betreuerstuhl war nicht das Bequemste, was der Rettungswagen zu bieten hatte, aber Patrick wusste sich zu helfen und nahm ein Kissen aus dem Deckenstaufach, welches als Reserve immer dabei war. Das Kissen zwischen Wand und Stuhl eingeklemmt war zumindest ansatzweise zum Schlafen geeignet.

Jennifer war noch immer recht aufgewühlt. Sie hatte sicherlich jetzt ein paar mehr Antworten als vorher, aber wirklich zufrieden war sie immer noch nicht. Aber konnte sie denn wirklich zufrieden sein? Was hatte sie denn erwartet? Dass Patrick mit der Situation selbst unzufrieden war konnte sie sich zur Genüge denken. Aber was genau machte sie dann jetzt so unzufrieden? Immerhin war es jetzt auch schon ein paar Jahre her. Und eigentlich sollte sie mit dem Thema abgeschlossen haben, aber sie wusste schon bei der Verkündung durch den Zentralisten, dass sie mit Patrick fahren würde, dass es sie beschäftigen würde.

An ihr war die Zeit nicht spurlos vorbeigezogen. Nach dem Bruch mit Patrick war sie am Boden zerstört gewesen und fand nur schwer wieder Fuß in einem geregelten Leben. Zu sehr hatte sie ihre Bedürfnisse der Beziehung mit Patrick hinten angestellt. Wieder mal war sie in die Beziehungsfalle getappt und hatte ihre Freundschaften vernachlässigt und sich voll und ganz auf Patrick konzentriert. Nicht dass er dies gewollt hätte. Auch in anderen Beziehungen machte sie genau den gleichen Fehler. Sie lebte ausschließlich nur noch für die Beziehung und stellte Freunde und Familie in den Hintergrund. Dadurch war sie in ein tiefes Loch gefallen, als Patrick nicht mehr da war. Sie fühlte sich leer und einsam. Ihre Familie fing sie wieder auf, aber innerlich hatte sie mit der Einsamkeit zu kämpfen.

Heute war sie in einer neuen Beziehung und hatte alles geändert. Dazu waren aber auch zwei Jahre Therapie notwendig gewesen, die ihr die Augen geöffnet hatten. Zwei Jahre lang schleppte sie sich zum Therapeuten, obwohl sie dazu keinerlei Veranlassung dafür sah, obgleich sie wusste, dass sich etwas ändern musste.

Patrick schlief auf dem Betreuersitz tief und fest und träumte. Er sah sich mit Melinda in der gleichen Situation wieder, wie eben gerade noch mit Jennifer auf der Bank am Rasthof.

„Du bist mir einige Erklärungen schuldig!", forderte Patrick sein Recht ein.

„Was willst du von mir hören?", fragte Melinda kleinlaut. „Ich konnte nicht bei dir bleiben. Zu groß war die Angst, dass ich dich da mit reinziehe!". Patrick wusste, dass in dem Traum irgendwas anders war. Diesmal war nicht er es, der im Gefängnis war, sondern Melinda!

„Aber das war meine Entscheidung! Keiner hat von dir erwartet, dass du für mich eine Entscheidung triffst! Und ich hatte mich nun mal für dich entschieden! Aber du hast mich ausgeschlossen aus deinem Leben!"

Melinda schaute in die bewölkte Nacht hinein. Es war dunkel am Himmel und kein einziger Stern, nicht mal der Mond war zu sehen.

„Nein, es war nicht deine Entscheidung! Du wusstest doch gar nichts von mir! Ich hatte noch drei Jahre abzusitzen und noch weitere zwei Verfahren am Hals, für die ich locker auch noch mal fünf Jahre bekommen hätte, wenn ich nicht in das Kronzeugen-Programm aufgenommen worden wäre."

Patrick merkte, dass die Fiktion nun vollständig gegriffen

hatte, aber er war zu tief in dem Traum, um irgendetwas richtig zu stellen.

„Glaubst du, dass wusste ich nicht! Ich hatte mit deinem Bewährungshelfer gesprochen. Wir waren über alles informiert. Wir hatten die Möglichkeit zusammen in das Kronzeugen-Programm zu gehen, aber du hast Dich dagegen entschieden – ohne mit mir zu sprechen. Ich erhielt die Nachricht von deinem Tod durch deine Mutter!", erwiderte Patrick.

„Es musste so sein! Ich konnte nicht anders, weil ich vor vorne anfangen wollte. Und das wäre mit dir nicht möglich gewesen!".

„Und nun? Hast du von vorne angefangen?", fragte Patrick, der ihren Weg verfolgte, da er ahnte, dass irgendwas an der Meldung von Melindas Tod nicht stimmte. Er hatte einen Privatdetektiv auf sie angesetzt und dieser war fündig geworden. Er hatte sie in Dortmund entdeckt. Dort hatte man sie mit neuer Identität und neuem Job einquartiert. Nichts war von ihr übrig geblieben. Selbst alle Suchergebnisse auf Google wurden gelöscht. Jeder Eintrag, der auch nur im Entferntesten auf sie hinweisen könnte, wurde gelöscht.

„Du hast mich gefunden, also weißt du es doch!".

„Nur rudimentär. Ich hatte einen Privatdetektiv auf die Sache angesetzt. Monatelang verweilte ich an deinem Grab und wusste, dass irgendwas faul war.", antwortete Patrick mit zittriger Stimme.

„Es war nicht gut, dass du mich ausfindig gemacht hast. Dadurch ist meine neue Identität gefährdet. Jegliche Verbindung mit dir bringt mich in Gefahr."

„Aber warum? Wenn wir uns jetzt kennen lernen würden, dann…"

„Aber ich darf dich nicht kennen lernen!", insistierte Melinda.

„Warum?"

„Patrick…"

Patrick hörte noch immer Melindas Stimme, die immer wieder seinen Namen rief. Die Stimme wurde lauter und lauter. Die anfänglich zarte Stimme von Melinda verwandelte sich in ein lautes Aufschreien von Jennifer.

„Patrick! Wach endlich auf!", schallte es von der Fahrerkabine in den Patientenraum. Ein aufdringliches Piepsen folgte und signalisierte Probleme mit dem Injektomaten, an dem Pasqal hing.

„Was ist denn?", fragte Patrick, der noch immer schlaftrunken in dem Traum halb gefangen war.

„Pasqal röchelt und der Injektomat gibt einen Alarm!".

Patrick schaute auf den Injektomaten und auf Pasqal. Er war blau angelaufen und röchelte wie ein Staubsaugerrohr, dass Wasser eingesogen hatte.

„Ruf' einen NAW, der Junge kollabiert!", rief Patrick nach vorne zu Jennifer.

Jennifer blinkte, um den Rettungswagen auf den Standstreifen zu bewegen. Im gleichen Moment ertönte eine Verkehrsdurchsage, die Jennifer allerdings nicht wahrnahm.

„Hier ist der Bayern 3 Verkehrsfunk mit einer wichtigen Durchsage. Auf der A9 Bayreuth Richtung Gera kommt Ihnen in Höhe des Kulmbach ein Fahrzeug entgegen! Überholen Sie nicht und ordnen Sie sich auf den rechten Fahrstreifen ein. Wir informieren Sie, sobald die Gefahr vorüber ist!".

Jennifer hatte diese Durchsage nicht gehört. Es würde aber auch keinen Unterschied machen. Just in dem Moment, als sie von der linken Spur auf die mittlere Spur wechseln wollte, sah sie ein Fahrzeug mit hoher Geschwindigkeit auf sich zukommen. Das grelle Licht der Scheinwerfer schmetterte ihr entgegen.

„Patriiiiiiiick!", schrie sie in den Patientenraum. Patrick sah nach vorne und konnte nur noch die Scheinwerfer des entgegenkommenden Fahrzeugs sehen, als dieser in den Rettungswagen krachte.

Kapitel Sechzehn

Es war bisher eine ruhige Nacht für Dieter. Aber an schlafen war nicht zu denken und so schaltete er den Fernseher ein. Auf n-tv sah er die aktuellste Meldung, die gerade über den Ticker lief.

+++ Schwerer Verkehrsunfall auf A9 +++ 4 Menschen tot +++ Chaos an der Unfallstelle +++

Dieter vernahm die Meldung und dachte sich nichts dabei. So viele Verkehrsunfälle hatte er schon gesehen, dass ihm solche Meldungen keine Gänsehaut mehr verursachten.

Zur gleichen Zeit saß Patricks Mutter ebenfalls vor dem Fernseher. Sie hatte nicht einschlafen können, weil sie irgendwie ein ungutes Gefühl hatte. Sie versuchte sie mit Fernsehen abzulenken und sah die Spätausgabe der Tagesschau.

„Auf der A9 Nähe Kulmbach ereignete sich in der späten Nacht ein schwerer Verkehrsunfall, bei dem vier Menschen ums Leben kamen.", vermeldete der Tagesschau-Sprecher. Im Folgenden wurden Bilder des Unfallorts gezeigt. Man sah einen völlig deformierten Rettungswagen, der bis auf die Hälfte von vorne komplett eingedrückt und ausgebrannt war. Vom Patientenraum war die komplette Decke abgerissen, so dass man das Innenleben des Rettungswagens sehen konnte. Etwas seitlich sah man einen roten PKW, der bis zur Unkenntlichkeit eingedrückt war, so dass man nicht mal mehr erahnen konnte, um was für ein Modell es sich handeln könnte.

Patricks Mutter wurde zunehmend blasser. Sie wusste nicht, dass Ihr Sohn heute Nachtdienst gehabt hatte, war sich aber dennoch sicher, dass er bei diesem Unfall zugegen war. Sie konnte es an keinem festen Beweis festmachen, aber ihr mütterlicher Instinkt verriet ihr, dass es gar nicht anders sein konnte.

Zur etwa gleichen Zeit wurde Frank Liebknecht durch sein Telefon aus dem Schlaf gerissen. Am anderen Ende der Leitung war die Polizei Würzburg, die ihm vermeldete, dass ein Rettungswagen seiner Organisation in einen Unfall geraten war und alle Besatzungsmitglieder, sowie Patient tot seien. Frank legte den Hörer kommentarlos beiseite.

Melinda, die inzwischen in Lauf an der Pegnitz wohnte, saß etwa zur gleichen Zeit an ihrem Küchentisch und las alle Briefe, die sie an Patrick geschrieben hatte. Sie holte jeden Einzelnen aus einem Umschlag, der mit einen Stempel versehen war: *Empfänger unbekannt.*

Epilog

„Du bist spät!"

„Ich weiß, ließ sich nicht vorher einrichten. Habe ich was verpasst?"

„Naja, bis jetzt nur das übliche Geheule, aber das Zucken, als die Drums einsetzten, war schon gut!"

„Mist, das hätte ich schon gerne gesehen. Genau deswegen hatte ich den Titel ja ausgesucht."

„Naja, warte mal ab, es kommt ja noch das Fill-In von „Farbe Deiner Stimme". Ich glaube, das wird einen ähnlichen, wenn nicht sogar einen besseren Effekt haben!"

„So, psst, der Pfarrer will anfangen!"

Der Pfarrer begann mit der Trauerrede und nannte einige Eckpunkte zu Pasqals kurzem Leben. Pasqals Mutter Hannah saß in der ersten Reihe und weinte unaufhörlich. Behutsam und mit Bedacht wählte der Pfarrer die Worte, die sehr liebevoll waren und Pasqal als einen liebreizenden und äußerst beliebten Jungen darstellten.

„Was soll denn der Mist? Was erzählt der denn da von mir?"

„Ich weiß gar nicht, was du hast. Ist doch nett!"

„Ich war aber nicht nett! Ich war ein arroganter, kleiner, verzogener Fatzke. Können die Menschen nicht wenigstens bei einer Trauerfeier ehrlich sein?"

„Jetzt stell dich mal nicht so an. Deine Mutter bekommt jetzt schon fast einen Nervenzusammenbruch!"

„Bekommt sie nicht und das weißt du!"

„Naja, aber für die Menschen hier sieht es zumindest so aus."

Der Pfarrer erzählte von der schwierigen Situation mit Pasqals Krankheit, dem frühen Tod des Vaters und der unvorstellbaren Leidensfähigkeit der Mutter Hannah.

„Nee, muss doch nicht sein."

„Was denn? Er sagt doch nur, dass deine Mutter unglaublich gelitten hat, als du gestorben warst."

„Das meine ich doch gar nicht! Mein Onkel ist gerade rein geschneit. Der hat sich seit fünf Jahren nicht blicken lassen. Meine Mutter hatte ihn angefleht, dass er zur Beerdigung meines Vaters kommen soll, aber noch nicht mal das hatte er gemacht."

Der Onkel von Pasqal schlich sich durch die Stuhlreihen hinüber zu Hannah und setzte sich auf den noch freien Platz neben ihr.

„Wie heuchlerisch!"

„Tja, so sind sie eben, die Menschen."

Im Anschluss an die Rede des Pfarrers folgte ein kleines musikalisches Zwischenspiel. Es war ein Lied von Laith Al-Deen.

> Du bist alleine gekommen
> und alleine wirst du gehen.
> Jemanden willkommen heißen,
> heißt auch Abschied nehmen.
>
> Willst nicht wissen was mit Dir,
> sondern wegen Dir geschah,
> ob Du Spuren hinterlässt
> und Dein Geheimnis offenbarst.
>
> Tage fallen wie Blätter,
> so wie jedes Wasser fließt,
> und irgendwann die Nacht,
> die Arme um Dich schließt.
>
> Tage fallen wie Blätter,
> so wie jedes Herz erlischt,
> leb´ wohl und vergiss mich nicht.

„Sehr schöner Text. Muss ich schon sagen! Hast du gut ausgesucht!". Pasqal schaute nach links zu Patrick.

„Sag mal heulst Du?"

„Ist ja auch traurig, also kann ich auch heulen!"

„Ach Herrjemine, wirst du jetzt etwa pathetisch?"

„Das hat nichts mit pathetisch zu tun. Es ist ein trauriger Text und dann kann man auch schon mal weinen!"

„Menschen weinen, aber nicht wir!"

„Hallo? Nur weil du drei Tage länger deinen neuen Status hast, heißt das nicht, dass du mir Vorschriften machen sollst! Ich bin immer noch älter als du!"

„Als ob Zeit hier irgendeine Bedeutung hat!", grinste Pasqal.

„Hier nicht, aber bei denen!", Patrick deutete auf die Trauergäste um sie herum.

„Ja, aber du solltest dich an den Gedanken gewöhnen, dass Du nicht mehr dazugehörst."

„Was sehr schade ist, jetzt wo ich weiß, was es mit dem Schicksal auf sich hat."

„Apropos, ich finde, wir sollten da was machen. Ich habe gehört, dass Melinda im Übrigen sehr traurig ist."

„Ja, habe ich auch schon gehört. Aber ich finde, wir sollten da nichts machen."

„Warum?"

„Weil wir für die Hoffnungslosen da sind. Und Melinda ist alles andere als hoffnungslos!"

„Stimmt. Psst, geht weiter."

Durch die Trauerhalle hallten die letzten Töne von „Tage fallen wie Blätter". Hannah wischte ihre Tränen von den Wangen, stand auf und ging zum Altar, um sich hinter das Mikrofon zu stellen. Gefasst und mit einer festen Stimme erzählte sie über Pasqal. Wie er gewesen war, wie sie ihn erlebt hatte und was sie an ihm liebte. Jedes ihrer Worte war sehr genau überlegt. Sie hatte die Rede vorher mit einem Bekannten, einem bekannten Fernsehmoderator, durchgesprochen und ausgearbeitet.

„Wow, das ist ja mal eine richtig schöne Rede!"

„Ja, hat sie mit Johannes Baptist gemacht. Du weißt, der Moderator vom ZDF."

„Jaja, ich weiß. Wir hatten ihn gestern zum Thema im Hoffnungsmeeting."

„Du warst beim Hoffnungsmeeting?"

„Ja, klar, war ja mein erstes. Schon interessant, wie viele Menschen, die sonst so selbstsicher wirken, so völlig ohne Träume und Hoffnungen leben können."

„Ja, habe ich auch schon festgestellt."

„Hast du auch das Handout zum Thema Hochmut und Demut bekommen?"

„Klar! Fand ich super interessant! Wenn ich solche Dinge mal als Mensch gewusst hätte!"

„Dachte ich auch, wurde aber direkt korrigiert! Wenn wir es damals gewusst hätten, dann würde die Welt im Chaos enden!"

„Warum?"

„Weil die Menschen es als selbstverständlich annehmen würden!"

„Daran wäre doch gar nichts auszusetzen!"

„Sicher, grundsätzlich nicht! Aber du vergisst die sieben Todsünden! Und die werden nun mal nach wie vor begangen. Sie machen nun mal Fehler!"

„Die Welt könnte so viel einfacher sein."

„Ist sie doch!", grinste Patrick.

Durch die Halle zog sich der Sound von „Farbe Deiner Stimme". Wieder vibrierte ganz leicht der Boden vom tiefen Bass der Bassgitarre.

„Stimmt! Komm lass uns gehen." antwortete Pasqal und beide drehten sich um und liefen hinaus.

Buchempfehlung

Carsten Rach
Angels –
Texte, Lyrics, Gedanken

Lyrik
40 Seiten
€ 3,90
ISBN 978-3-8423-2922-5

Texte entstehen im Kopf. Sie entstehen nicht einfach so,
sondern meist aus einer Begebenheit heraus.
Sie sind Teil eines Prozesses.
Danach sind sie Vergangenheit –
nicht mehr gegenwärtig.

Songtextnachweis

In the air tonight; Phil Collins
© EMI Music Publishing

Alles unter diesem Himmel; Laith Al-Deen
© Sony Music

Wo du bist; Laith Al-Deen
© Sony Music

Künstliche Welten; Wolfsheim
© Strange Ways Records

Farbe Deiner Stimme; Laith Al-Deen
© Sony Music

Meine letzte Bitte; Sabrina Setlur
© 3-p Productions

Die Nacht; Schiller
© sleeping room

Keine wie Du; Laith Al-Deen
© Sony Music

Love is all i need; Kristian Leontiou
© Sony Music

Mercy Street; Peter Gabriel
© Real World Music Ltd.